अपना-अपना एवरेस्ट

अंजू पारीक

INDIA · SINGAPORE · MALAYSIA

ISBN 979-8-89233-598-0

अनुक्रमणिका

मेरी बात

खुद की लिखी जीवन भर की पर्चियों, डायरियों और पन्नों को जब देखने बैठी तो मन कह बैठा, इस सब से तो किताब बन सकती है और उसी अन्तस प्रेरणा का अनुसरण करते हुए पर्चियों और कागज़ के पुर्ज़ों पर लिखी, मन से निकली लाइनों को पहली किताब रूप में मेरे सुधि पाठकों के सामने प्रस्तुत कर दिया- 'अंतर आवाज़' के नाम से।

यद्यपि यह सच है कि कविताओं में हर किसी की रूचि हो यह आवश्यक नहीं क्योंकि आजकल कविता के नाम पर हास्य-व्यंग्य को ही मान्यता और प्राथमिकता है वह भी श्रोताओं की, अन्यथा एक समय हास्य-व्यंग्य के भी पाठक हुआ करते थे और काका-हाथरसी जैसे हास्य-सम्राट लेखकों की पुस्तकों के लाखों पाठक थे क्योंकि पढ़ना एक आदत सी होती थी। अब तो पढ़ने की आदत छूटती सी जा रही है, पाठकों की संख्या निरंतर घटती जा रही है। नई पीढ़ी के एक वर्ग के लिए तो हिंदी वैसी ही होती जा रही है जैसी कुछ के लिए गणित या एल्ज़ेब्रा होती है, पर खैर! बावजूद इन सब के मेरी कविताओं की पहली कड़ी- "अंतर आवाज़" को भरपूर प्यार, सराहना व प्रोत्साहन मिला जिसके लिए मैं अपने पाठकों की हृदय से आभारी हूँ।

कविताओं के सीमित पाठक वर्ग के विपरीत कहानियों में रूचि रखने वाले पाठक वर्ग का विस्तार संख्या रूप में कहीं ज्यादा है यह महसूस हुआ जब मेरी ग्यारह कहानियों का पहला संग्रह- "भाग्य का खेल" छपकर पाठकों के बीच पहुंचा और उसी प्रेरणा

प्रोत्साहन ने इधर-उधर बिखरी कहानियों को व्यवस्थित करने की योजना को कार्यरूप में परिणित करने में लगा दिया किन्तु उस से पूर्व, दैव्य-प्रेरणा और आशीर्वाद के फलस्वरूप "अष्टावक्रगीता" के राजस्थानी में पद्यानुवाद करने का साहस- 'जनक जिग्यासा' सफल हो गया और जीवन के एक महत्वपूर्ण उद्देश्य में सफलता परमात्मा ने बख्श दी। इस बड़ी सफलता के समक्ष, कहानियों के दूसरे चरण में हुआ विलम्ब गौण हो गया।

एक लघु विलम्ब के बाद कहानियों का यह दूसरा प्रयास आपके सामने रखते हुए मुझे प्रसन्नता हो रही है।

"भाग्य का खेल" में जहाँ सारी कहानियां "नारी केंद्रित" थीं वहीं इस प्रयास में मैंने विभिन्न आयामों को छूने की कोशिश की है जैसे---

"अपना अपना एवरेस्ट" एक दृढ संकल्प वाली युवती की कहानी है, दुःख मिश्रित घृणा के कारण जिसमें सबक सिखाने का निश्चय है जो अपने सिद्धांत और संकल्प-सोच के साथ विपरीत परिस्थितियों का मुकाबला करती है और उस निराश-हताश स्त्री वर्ग को परिस्थितियों का सामना करने को प्रेरित करती है जिनके लिए उनके संघर्ष किसी एवरेस्ट फ़तेह के अभियान से कमतर नहीं होते।

"कुमुद" एक नयी पीढ़ी की लड़की के आम भारतीय संयुक्त परिवार में ढलने और परिवार का प्यार पाने के बाद ह्रदय परिवर्तन का चित्रण है वहीँ "कदम्ब का पेड़" पर्यावरण और पेड़-पौधों के प्रति संवेदनशीलता दर्शाने का माध्यम है।

"कसौल" संबंधों की रहस्यमयी दुनिया और पहाड़ी माहौल की मासूमियत की एक झलक लिए कहानी है।

"नादानी" कहानी के माध्यम से मैंने समाज में फ़ैल रही पुरुष मानसिकता और उसके अहम् के दुष्परिणामों को दर्शाने की कोशिश की है तो "देवकी का आत्मकथ्य" संतान को अपने अंश

रूप में पोषित करने और फिर जन्म देने के नाजुक समय की ममता और नारी जीवन के गर्वपूर्ण पक्ष की प्रस्तुति है।

"अस्थिकलश" पाखंड और भावनात्मक संघर्ष के बीच एक नितांत अलग नज़रिये से लिए गए निर्णय की कहानी है जो शायद युगों पुरानी मान्यताओं और हमारे संस्कारों के कारण आसानी से मन को स्वीकार्य नहीं भी हो, पर अपना-अपना व्यक्तिगत नज़रिया और निर्णय लेने का अधिकार है और इस तरह मैंने अलग अलग विषयों को रुचिकर रूप देने का प्रयास किया है।

आशा है आप इसे भी पसंद करेंगे।

अंजू पारीक

नयी दिल्ली

नवम्बर 2023

अपना-अपना एवरेस्ट

ग्रेजुएशन ख़त्म होते ही बैंक की नौकरी के लिए एंट्रेंस एग्जाम की परीक्षा के लिए अजमेर गया था। हर जगह थोड़ा जल्दी पहुँचने की आदत बचपन से रही है मेरी। उस दिन भी एग्जामिनेशन सेंटर एक घंटा पहले पहुँच गया था। अंदर से तो नर्वस था पर ऊपर से नार्मल दिखने का प्रयास कर रहा था तभी कंधे पर पर्स और हाथ में फाइल पकड़े एक लड़की भागती सी आई- आप बता सकते हैं रोल नंबर और सिटिंग अरेंजमेंट की लिस्टें कहाँ लगीं हैं और परमिशन लेटर किसे कहाँ दिखाना है?

हां जी! हाँ जी! वो वहां, सामने वाले बरामदे में दाएं हाथ को तीसरा कमरा है, सुनते ही वो उधर भाग ली और मैं भी पीछे-पीछे चल पड़ा।

टाइम हो गया था और संयोग से हम एक ही कमरे में थे और इसलिए पेपर के बाद भी दुआ-सलाम हो गयी और फिर हम अपने-अपने रस्ते। उसने लिया कि नहीं पता नहीं, पर मैंने उसका नाम और रोल नंबर ले लिया था।

रिजल्ट के दिन पहले उसका रोल नंबर देखा और फिर अपना। सेलेक्शन दोनों का ही हो गया था और मैं यह सोचकर ही अच्छा महसूस कर रहा था कि फिर मुलाकात होगी पर ऐसा कुछ नहीं हुआ।

नौकरी मिल गयी और उसी के साथ शुरू हो गयी ज़िन्दगी की ज़द्दोज़हद। नौकरी लगते ही अगले प्रश्नोत्तर, सवाल-जवाब सामने खड़े थे।

शादी करो! पर मैंने खुद को और घर वालों को समझाया, अभी बहुत जल्दी है, अच्छी तरह सेटल होकर पहले घर वालों के छोटे-मोटे सपनों की पूर्ती करूँ, आने वाली के हिसाब से जीवन की कुछ अच्छी व्यवस्थाएं करूँ फिर कर लूँगा शादी। अभी तो मेहनत करके बैंक में ही आगे बढ़कर अपने आपको नौकरी में सेक्योर रखने और बेटरमेंट के लिए थोड़ी और पढ़ाई की ज़रुरत है अभी मेरी कोई ऐसी उम्र भी नहीं हो गयी कि शादी के लिए जल्दी करूँ आगे की पढ़ाई मेरे लिए ज्यादा ज़रूरी है।

माँ को शादी की जल्दी थी पर पापा शायद कुछ और ही समझ रहे थे। अफसर बनने के बाद अगर रिश्ता होगा तो वो लड़की वालों के साथ मोल-भाव कर सकेंगे। लड़के के जीवन भर का पालन-पोषण, पढ़ाई-लिखाई उसका भूत, उसका वर्तमान, उसका भविष्य सब का खर्च विवाह से ही तो वसूल होगा।

बहिन की शादी, बड़े घर का सपना, छोटे भाई की पढ़ाई के खर्चे में मदद ये सब मेरी अच्छी नौकरी और अच्छी सुन्दर सुशील लड़की-जो अच्छा मोटा दहेज़ लेकर आये, नकद रूपया, सोना-चांदी, गहना-कपड़ा आदि सारे अरमान पूरे हो जाएं।

मैं यह सब समझ रहा था पर अभी सिर्फ अपने काम और पढ़ाई पर फोकस करना चाह रहा था सच यह भी था कि मैं कहीं न कहीं उस सुन्दर चेहरे की प्रतीक्षा कर रहा था जो बचपन की दहलीज़ पार करते ही मेरे सामने आ गया था और दूर होकर भी मेरे दिल-ओ-दिमाग पर हावी था। जीवन साथी शब्द के साथ बस वो एक चेहरा ही सामने आता अन्य कोई चेहरा वहां फिट ही नहीं कर पाता था।

यह सपना था या मेरी आकांक्षा? पता नहीं?

पर मेरी ज़िन्दगी दोराहे पर खड़ा करके मेरा मज़ाक बनाना चाह रही थी। दिल-दिमाग, परिवार-प्रेम, समाज का कायदा, पुरुष की स्वतंत्र अभिलाषाएं और स्त्री के लिए सामाजिक-पारिवारिक नियमों के पालन की, परम्पराओं की अकूत बेड़ियाँ।

घर सम्हालने के नाम पर दस वर्ष निकाल दिए, दोनों छोटे भाईयों के विवाह हो गये, बहिन की शादी हो गयी पर मैं किसी रिश्ते के लिए अपने को तैयार ही नहीं कर सका।

पिताजी को मेरे भविष्य की बड़ी चिंता रहती थी, उनका स्वास्थ्य भी ठीक नहीं था। एक दिन उनके साथ अपने वकील मित्र के यहाँ गया, पिताजी को वसीयत के मामले में कुछ सलाह चाहिए थी।

उसकी टेबल पर पड़े पेपरों की तरफ अचानक मेरा ध्यान गया, फोटो पर नज़र गयी। अरे! ये तो वही है।

पिताजी के साथ संकोचवश कुछ पूछ नहीं सका, घर आकर मन ही नहीं लगा, उसकी फोटो वकील के ऑफिस में कैसे? अगले दिन फिर गया, अपने मित्र से पूछा- वो बोला-तलाक का मुक़दमा है लड़की बहुत अच्छी और मज़बूत है और इसका पति बहुत बद्तमीज़, बददिमाग और श्रूड है, उसने सैंकड़ों इलज़ाम इस पर लगा दिए हैं पर यह उसे तलाक़ नहीं देना चाहती।

पर तू क्यों पूछ रहा है क्या जानता है इसे?

मैंने कहा- हाँ! दस साल पहले मैं बैंक का एग्जाम देने गया था वहीँ इस से मुलाकात हुई थी पर शायद तब ये अविवाहित थी।

मित्र ने कहा-भाई! अगर तू इसे जानता है तो इसे समझा, तलाक देकर उस दुष्ट से अपना पीछा छुड़ा ले और अपनी आगे की ज़िन्दगी आसान बनाये। मैंने एक वकील की हैसियत से इसे काफी समझाया पर ये मानती ही नहीं।

मैंने पूछा- कहीं नौकरी करती है क्या?

नहीं- वो बोला।

मैंने पूछा- तू इनका वकील कैसे बना? वो बोला-इसके पति से मेरा पुराना परिचय था विवाह के कुछ समय बाद ही पहले पहल इससे भेंट हुई थी घनिष्टता नहीं थी पर मैं इसके पति का मित्र गिना जाता था।

इसने भी पति के अनुकूल ही सब व्यवहार किया था- शिष्ट, विनीत असम्प्रत और दूर।

दोनों के विवाह-विच्छेद की बात भी अचानक नहीं हुई थी। हम सब लोग समझते थे वो नौकरी के लिए गया है। लोग पति का हाल-चाल भी पूछते थे, सोचते भी थे- इसे क्यों नहीं ले गया? धीरे-धीरे कहानियां सामने आने लगीं।

एक के बाद एक नौकरियां इसे छोड़नी पड़ीं। लोग कहते कि कहीं टिकती नहीं, ज़िद्दी है इसलिए पति से नहीं बनती। लोग सहानुभूति दिखते, काम दिलाने का वचन भी देते पर सब कुछ छिपकर, निजी निकटता दिखाकर पर इसे छिपाव पसंद नहीं था क्योंकि बाद में तो लोग जानेंगे ही कि इसका पति से संबंध नहीं है वो हर अधिकारी से उसके परिवार व् पत्नी सहित अपना व्यवहार रखना चाहती थी न कि निजी निकटता और इसीलिए बड़े ही विशिष्ट ढंग से उसे नोटिस दिया जाकर नौकरी से अलग कर दिया जाता था। फ्री लांसर है जितने दिन जहाँ काम मिलता है कर लेती है।

मैंने बहुत समझाया, पति पर बहुत से एलिगेशन लगाने का सुझाव भी दिया ताकि मुक़दमा जल्दी ख़त्म हो जाय पर मानती ही नहीं। एक ही रट है इसने (पति ने) जान बूझ कर विवाह किया और इस रिश्ते का मज़ाक बनाया है, मैं इसके स्वच्छंद जीवन का सपना पूरा नहीं होने दूँगी, इसे बंधन मुक्त नहीं करूंगी।

सारी बात सुनकर मैंने उस से मिलने का मन बनाया। मित्र से पता लेकर उसके घर पहुंचा जैसे अचानक मिलना हुआ हो। परिचय याद कराने पर बड़ी खुश हुई, अच्छा हुआ आप से मुलाकात हुई, मैं भी इस शहर में अकेली ही रहती हूँ। फॅमिली यहाँ नहीं रहती। आजकल काम की तलाश में हूँ, कहीं कोई मेरे लायक कुछ हो तो बताइयेगा।

हाँ! हाँ! ज़रूर।

औपचारिक मुलाकात के बाद मैं घर आ गया। हाँ, उसके और अपने फोन नंबर का आदान-प्रदान मैं नहीं भूला था।

एक दिन मैंने उसे फोन किया- सीमा! बच्चों को पढ़ाने का काम करोगी क्या? उसने कहा-हाँ! हाँ!! ज़रूर, पर मैं पैसे एडवांस लूंगी क्योंकि लोग थोड़े दिन पढ़वा कर हटा देते हैं और पैसे भी नहीं देते।

अरे! नहीं, नहीं ऐसी कोई बात नहीं है यहाँ, मेरा ही घर है। मेरी माँ है, दो बहुएं है, पिताजी हैं रिटायर्ड और तीन बच्चे हैं "बहुत शैतान" बस उन्हें सम्हालना है, तुम्हें कोई दिक्कत नहीं होगी। बच्चे दो बजे स्कूल से आते हैं उनकी मम्मीओं से मिल कर टाइम तय कर लेना।

वो खुश हो गयी, सुन्दर, सुशील स्मार्ट, शादीशुदा महिला के नाम पर घर वाले भी खुश हो गए। तीन से पांच बजे का समय तय हुआ। तीनों बच्चों के दस हज़ार रुपये तय हुए, जो मैंने पहले ही दिन उसे दे दिए। वो बिना नागा आने लगी, उसके आने के समय मैं घर रहता नहीं था पर किसी न किसी बहाने वीडियो कॉल के बहाने मैं उसे देख लेता था।

मैंने इतवार के घर उसे फोन किया- सीमा! क्या मैं तुम्हारे घर आ सकता हूँ? साथ-साथ कॉफी हाउस चलेंगे।

उसने जवाब दिया-- आ तो जाइये, पर मैं शादीशुदा हूँ साथ चल पाउंगी या नहीं यह अभी नहीं कह सकती क्योंकि वैसे तो पति बाहर रहते हैं पर कभी भी आ जाते हैं मेरी फ़िक्र में।

मैं असमंजस में पड़ गया, जाऊं या नहीं?

पर मैं चला ही गया और वो मुझे बाहर ही मिल गयी।

अरे वाह! आपने कैसे जाना कि मैं आऊंगा?

इतने वर्षों के वैवाहिक जीवन में पुरुष मन को थोड़ा-थोड़ा समझने लगी हूँ।

हम दोनों रिक्शा करके कॉफ़ी हाउस पहुंचे, मैंने अपना स्कूटर उसके घर पर ही छोड़ दिया था। वो बिलकुल सहज व्यवहार से बात कर रही थी। उसकी बात औपचारिक होते हुए भी अपनापन

लिए हुए थी, खुलावट की कहीं कोई गुंजाइश नहीं थी थोड़ी देर में हम वापस आ गए। उसे घर छोड़ और अपना स्कूटर उठा कर मैं वापस अपने घर आ गया।

कुछ दिन बाद संयोग से मैं कॉफ़ी हाउस गया वो वहां किसी के साथ बैठी थी, मुझे देखते ही उठ गयी।

नमस्ते प्रमोद जी! कैसे हैं?

मैं थोड़ा सकपका गया पर बोला- सब ठीक है आप कैसी हैं?

इतने में ही उसके साथ वाला आदमी उठा और लगभग खींचते हुए उसे ले गया। बातचीत साफ़ नहीं सुनाई दे रही थी पर वो आदमी बहुत बदतमीज़ी से बोल रहा था।

कानून मेरा कुछ नहीं बिगाड़ सकता वो सिर्फ तुझे तलाक दिलाने में मदद कर सकता है।कागज़ पर हस्ताक्षर कर और अपना रास्ता बना फिर खूब याराना करना, जिससे भी करना हो।

वो हँस रही थी। कानून बहुत कुछ कर सकता है, तुमसे मुझे हर महीने मेंटनेंस के नाम पर पैसा दिलवाता है तुम्हें हाज़िरी देनी होती है, स्वछंद रूप से भाग नहीं सकते अपने दोस्त से विवाह नहीं रचा सकते अपने सपने पूरे नहीं कर सकते।

वो चिढ़ गया, बाल पकड़ कर एक चांटा मारा और चला गया। वो एकदम लड़खड़ा गयी पर सम्हाल कर खड़ी हो गयी। मैं एकदम नज़दीक आया।

- सॉरी! मेरी वजह से झगड़ा हुआ कौन था वो?

एक हारा हुआ आदमी!

मेरा पति परमेश्वर!!

और दूसरा आदमी कौन था?

उसका वकील- उसका हमदर्द- जिसके अनुसार वो सीमा- आयु बत्तीस वर्ष, दस वर्ष पहले विवाह हुआ और विवाह के कुछ महीनों बाद ही पति -पत्नी अलग हो गए कारण कोई नहीं जानता।

पूछने का साहस किसी में नहीं है। कोई कहता है विवाह पूर्व का कोई संबंध था पर उस से विवाह नहीं हो सकता था। दूसरा व्यक्ति जो माता-पिता ने चुना उसे स्वीकार तो कर लिया पर जो पति को देना चाहिए था वह न दे सकी.........

कोई कहता-- पति की आदतें ख़राब थीं हर वक़्त कोई न कोई मित्र साथ रहता था पत्नी के प्रति उदासीनता थी। सब अलग-अलग बातें थीं पर सत्य यह था कि दोनों पिछले नौ वर्षों से अलग-अलग रह रहे थे।

वो कभी नौकरी करती है, कभी पढ़ाती है कभी अमीर बच्चों की गवर्नेस बन जाती है, मूल रूप से कश्मीरी है।

वकील की मुस्कराहट में एक सोच और भी है कि हिन्दस्तानी नारियां भी यूरोपियन हो गयीं हैं, किसी के साथ भी पहाड़ों की सैर करती हैं, कभी इसको-कभी उसको चुनती हैं और कटु कर्तव्य कर चुकने पर आत्म-संतुष्टि का चोला पहन लेती हैं।

सच तो यह है प्रमोद! जो जानने की चीज़ें हैं उसे कितना कम लोग जानते हैं और जो न जानने का कारण है उसे कितना अधिक जानते हैं।

उसने धीरे से सिर उठाया-- क्या सुनना चाहते हैं आप? सुन लीजिये- विपिन......विपिन नाम है उसका विपिन, मेरा पति है वो।

तलाक़ का मुकदमा चल रहा है उससे, पर मैं उसे मुक्त नहीं करती इस बंधन से।

उसने मुझे और मेरे परिवार को धोखा दिया है अपने एक बंधु को लेकर आया था यहाँ। तारों की छाँव में दोनों ने वफ़ा की कसमें खाईं थीं यहाँ मेरे सामने। मुझे बता दिया गया था मेरी हैसियत क्या है? मैं स्तब्ध रह गया फिर एक बड़ी सी कटार जैसे मन को भेद गयी............

तो आपने विवाह क्यों किया उस से, उसने आपसे विवाह क्यों किया?

पारिवारिक एवं सामाजिक मज़बूरी थी और अब मैं तलाक़ लेकर उसे मुझ से और खुद को उस से मुक्त कर सकती हूँ इस बंधन से, लेकिन मैं ऐसा नहीं करूंगी। उसने मुझे और मेरे परिवार को धोखा दिया है। वो पत्नी या किसी भी स्त्री से प्रेम नहीं करता, उसका जीवन साथी उसका वो पुरुष मित्र है बंधु है जिस से उसके शारीरिक, मानसिक सब तरह के संबंध हैं।

तो फिर उसने विवाह क्यों किया?

क्योंकि, विवाह के बिना वो अपने पिता की संपत्ति का मालिक नहीं बन सकता था। संपत्ति पर पहला अधिकार उसकी पत्नी को मिला था और उसकी आज्ञा से ही वो उसका उपयोग कर सकता था और वो पत्नी मैं हूँ।

मैं वहीं बैठा रह गया, थोड़ी देर स्तब्ध रह गया, फिर धीरे से उसका हाथ पकड़ कर खड़ा हो गया, मृदु किन्तु कठोर हाथ से सहारा देकर उसे उठाया और चल पड़ा किन्तु दो-चार कदम चल कर उसने बांह छुड़ा ली।

---मैं ठीक हूँ, आप और कुछ पूछना चाहें तो पूछ लीजिये मैं अभी बता सकती हूँ बाद में शायद नहीं।

आपका ऐसा स्पष्ट सुनिश्चित रूपाकार व्यक्तित्व है, आपके पास ऐसी स्पष्ट प्रखर दृष्टि है..............

आगे का वाक्य उसने पूरा कर दिया.........

...............मुझे सब रास्ते दिखते हैं और हर रास्ते के आगे मंज़िल भी दिखती है।

सीमा जी! मैं आपको घर छोड़ देता हूँ, कल मिलेंगे, कल बात करेंगे अभी विपिन घर आएगा तो आपके लिए फिर नया संकट खड़ा करेगा।

नहीं प्रमोद! विपिन के घर लौटने पर उससे किसी प्रकार के दुलार या किसी स्नेह सम्बोधन की आशा तो मैंने कब की छोड़ दी थी ---हमारे बीच में कुछ नहीं है........... निजी जीवन में--

-हाँ समाज में जो रूप है........... 'पब्लिक-फेस'----वो दूसरा है...........।

शून्य का अतल गर्त गहरा हुआ जा रहा था, विस्मृति का महा मरूस्थल उसे डस रहा था, ऐसा लग रहा था बस अभी रो पड़ेगी।

पर...नही, अगले ही पल उसने अपने आपको सम्हाल लिया।

नहीं प्रमोद! मैं खुद चली जाउंगी। मुझे रास्ता भी पता है और आदत भी है खुद सम्हल के चलने की, तुम जाओ कल मिलेंगे कह कर वो बिना मुड़े चली गयी मैं वहीं का वहीं ठहरा रहा।

मुझे बहुत आश्चर्य हो रहा था, ग्लानि भी हो रही थी, विवाहिता पत्नी से विपिन यह सब कैसे कह सका होगा और अपने ऐसे घृणित व्यवहार के बाद वो कैसे अपेक्षा रख सकता है और किस अधिकार से? किसी को भी साथ देख कर इस तरह का अपमानित व्यवहार कैसे कर सकता है कोई? सारे मर्यादा विहीन व्यवहार और रिश्ते के बाद उसी औरत से मर्यादित जीवन जीने की अपेक्षा रखना? जिसके लिए कोई रास्ता ही नहीं छोड़ा।

मन बहुत व्यथित था पर----------

जैसे तैसे रात काट कर मैं सुबह उस से मिलने पहुँच गया। वो भी जैसे मेरा इंतज़ार ही कर रही थी। कुछ पल इस प्रतीक्षा में बीते कि कौन पहले बोले?

फिर मैं ही बोला- मुझे एक बात बताओ सीमा! यदि इतने वर्षों से तलाक़ का मुक़दमा इस स्थिति में चल रहा है तो तुम्हारा जीवन क्या तुम यूँ ही पूरा करोगी?

दूसरों के किये का बोझ अपने कन्धों पर लादकर कब तक चलती रहोगी? कंधे कितने भी मज़बूत क्यों न हों एक दिन तो चरमरा ही जायेंगे। मुझे पता है अतीत से मिले घावों से आहत मन कहीं टिकता नहीं है। घाव दुखते हैं, छलना-वंचना का भाव कोंचता रहता है, सिवाय अपने सारा संसार दोषी नज़र आता है। मन की दशा पुकार-पुकार कर कहती है- चलो, जाने दो पर मेरा मानना

है, अपने आप को मुक्त करो और खुले आकाश में पंख फैलाओ। माफ़ कर दो, बिसराने की कोशिश करो और आगे चलो।

अन्यायी, अपराधी चाहे माफ़ करने लायक न हो पर सोच कर देखो! तुम्हें खुद तो मुक्त होने का अधिकार है। ज़हर बुझे अतीत को, उसके बाणों को उतार फेंको नहीं तो ये बाहर उतरते ही रहेंगे, चैन का एक पल नहीं जीने देंगे तुम्हें।

मुझे पता है क्षमा करना आसान नहीं है, बहुत सी बातें मन में आती हैं, सबसे पहले तो यही कि कहीं दोषी मुझे ही कमज़ोर न समझे।

दूसरे को सबक सिखाने के लिए प्रतिशोध की ज़्वाला को जलाये रखना ज़रूरी लगता है, पर मेरे ख्याल से पीड़ा को कम करने के लिए क्षमा एक संजीवनी है।

मुक्त हो जाओ नफरत से, ख़त्म करो इसे, आगे बढ़ो।

यहाँ सब अंधे लोग हैं इन्हें भूत-भविष्य किसी से कोई मतलब नहीं है। न इंसान से, न इंसानियत से और न ही किसी मुक़दमे से।

जो है वो विकासमान वर्तमान है।

ये किस्सा खत्म करो, आगे बढ़ो मैं तुम्हारे साथ हूँ।

वो हँस पड़ी। तुमने मुझे एक बार भी बताया नहीं कि तुम्हारे मन में क्या है? मेरे लिए क्या है- प्रेम, स्नेह, दया, करुणा या संवेदना?

क्या सिर्फ मेरे दुःख ने तुम्हें मेरी प्रतिध्वनि दी है? जिसने तुम्हें मेरे इतने निकट आने दिया और तुम इतना कुछ मुझे कह सके या एक धृष्ट साहस के साथ ज़बरन मैं तुम्हारी ज़िन्दगी में घुस आई हूँ?

अरे! नहीं-नहीं, तुम पहली बार मिली थी तभी से मैं तुम्हें अपना दोस्त मानता हूँ।

क्या हम अच्छे दोस्त नहीं बन सकते? मैंने कहा-

देखो प्रमोद! वैसे तो मैं दोस्त के अलावा कुछ बन भी नहीं सकती पर सच यह है कि ये दोस्ती सिर्फ बाहर की स्थिति है। बड़े गंभीर भाव से वो बोली......

हमारी पुरानी मुलाकात में याद रखने जैसा कुछ था ही नहीं, इसलिए मैं समझता था तुम्हें उसका कोई ख्याल ही नहीं होगा, हाँ मैं खुद तुम्हारे चेहरे के बाद कोई दूसरा चेहरा मन में बसा नहीं पाया। अब मिला भी हूँ तो ऐसे मोड़ पर जब पुरुषत्व का ऐसा रूप और व्यवहार तुम व्यक्तिगत और सामाजिक रूप से झेल रही हो। रिश्ता, प्रेम, व्यवहार सबका मखौल तुम्हारे सामने है।

प्रेम तो मुझे तुमसे पहले ही क्षण हो गया था, सच कहूंगा -प्रेम करता था, प्रेम करता हूँ, प्रेम करता रहूंगा। दूरी या नज़दीकी जो ईश्वर प्रदान करेगा, तुम्हारी सहमति से लेकिन हाँ!----मेरी सलाह सिर्फ अपने स्वार्थवश नहीं है। क्षमा जीत का अमोघ अस्त्र है। जो खो गया है वो आएगा नहीं, जो बीत गया वो लौटेगा नहीं। निजता और निर्णय दोनों तुम्हारे हैं पर सहृदय दोस्ती के नाते यही कहूंगा - जाने दो, खत्म करो! और आगे बढ़ो मेरे साथ या अकेले यूँ ही अपनी राह चलो।

और मन की इतनी मज़बूती के बावजूद उसकी आँखें छलछला आईं, वो एकदम से रो पड़ी।

प्रमोद! ये ऐसा संबंध है जिसे मरीचिका मानना कठिन है और इसीलिए सब रास्ते छूट जाते हैं, मंज़िलें झूठ हो जाती हैं। मैं सचमुच कहीं भी पहुंचना नहीं चाहती बल्कि चाहना ही नहीं चाहती, मेरे लिए निकटता कटु सत्य है। वास्तविकता क्षण भर की होती है और सत्य का क्षण सनातन है।

तुम नहीं जानते प्रमोद! यह व्यक्ति अपने मित्र के साथ समलैंगिक शारीरिक संबंधों में मेरे विवाह से पूर्व से लिप्त है। इसके पिता ने इस संबंध को आपत्तिजनक कहते हुए विवाह की अनिवार्यता की शर्त रखी और सम्पत्ति का मालिकाना पहला हक़ भी पत्नी को दिया ताकि ये उस संबंध को निभाए और संतानोत्पत्ति

से वंश आगे बढ़े। पत्नी की सहमति के बिना इसे इसके पिता की चल-अचल सम्पत्ति के उपयोग का अधिकार नहीं था।

पारिवारिक-सामाजिक दबाव में इसने मुझसे विवाह किया तब मेरे माता-पिता जीवित थे और मेरे स्वसुर भी। उन्होंने मुझे धैर्य रखने और इसकी स्वछंदता को बाँधने की शिक्षा दी। इसने मेरे अस्तित्व को ही नकार दिया और घृणित आरोपों की लम्बी फेहरिस्त बना डाली।

...............इतना ही नहीं, शारीरिक व् मानसिक अत्याचारों से ये मुझे थका देना चाहता था। नौकरी में सहकर्मियों से बदसलूकी पर आमादा हो गया तो मेरे सामने नौकरी छोड़ देने के अलावा कोई रास्ता नहीं छोड़ा। इस बीच स्वसुर जी का देहांत हो गया। फिर तो जैसे इसे मनचाही मुराद मिल गयी हो, इसने तरह-तरह के आरोप लगा कर तलाक़ का मुकदमा दायर कर दिया।

...............तुम्हारी सलाह अपनी जगह बिलकुल सही है लेकिन फैसला करने में मुझे थोड़ा वक़्त लगेगा।

मैंने इसे तलाक़ देने का मन बनाया भी तो.........मैं इसे वसीयत में से फूटी-कौड़ी का उपयोग तो करने नहीं दूंगी क्योंकि उसे पाने के लिए ही तो इसने यह सब प्रपंच रचा है।

यह सोचता है मैं लालची हूँ और मैं इस सम्पत्ति के लिए इसे नहीं छोड़ रही जो इसकी गलत फहमी है, मुझे खुद भी इसमें से एक पैसा नहीं चाहिए। मेरी आधी ज़िन्दगी निकल गयी, आधी और निकल जाएगी। रही तुम्हारी बात------तो तुम्हारे विचार, तुम्हारी सोच और मेरे प्रति तुम्हारा लगाव, तुम्हारी सलाह सब बहुत सही और सटीक है।

तुम्हारी जैसी सोच के लोग दुनिया में कम हैं पर तुम्हारे साथ जीवन जीने की कल्पना करके मैं एक अच्छा दोस्त और शुभचिंतक जो मुझे जीवन के ऐसे मोड़ पर मिला है उसे मैं खोना तो निश्चित ही नहीं चाहूंगी। पर फिर, तुम यह क्यों भूल रहे हो कि तुम्हारा भी एक पूरा परिवार है जिसमें मेरा परिचय एक ब्याहता औरत का है और

तलाक़ के बाद तलाक़शुदा औरत हो जाउंगी और कहलाउंगी। आज बच्चों की ट्यूटर में उन्हें जितनी खूबियां नज़र आती हैं वो सब मेरी कमियां बन जाएंगी।

मेरे पास पैसा-कौड़ी भी नहीं है, कोई जमीन-जायदाद या ढंग की नौकरी भी नहीं है। पूरी तरह तुम पर निर्भर रहूंगी और निश्चय ही तुम्हारे और तुम्हारे पैसे पर आज तक जो उनका अधिकार रहा है वो भी उन्हें छिनता दिखेगा, मेरी उम्र भी दिखेगी और यह सब देखकर वो मुझे क्यों स्वीकारेंगे? उनके लड़के में भला क्या कमी है?

इसलिए अपने परिवार को देखो-------उनकी सोच, समझ तुमसे और तुम्हारी जीवन संगिनी के लिए इच्छाएं, कल्पनाएं और अपेक्षाएं क्या हैं? इस दुनिया में सिर्फ दो लोगों (स्त्री-पुरुष) का एक-दूसरे को चाहना ही काफी नहीं होता।

. बिलकुल सही कह रही हो सीमा! तुम्हें अपने पति के प्रति ऐसी सोच रखने का पूरा अधिकार है बल्कि मैं तो यह कहूंगा कि जैसे तुमने मुझे सब खुल कर बताया है वैसे ही जज के सामने कोर्ट में भी सारी बातें खुल कर कहो, वसीयत के मामले में तो इस कोर्ट को कोई क्षेत्राधिकार नहीं है पर तुम्हारे खुलासे पर सारी बातें तुम्हारे बयानों के माध्यम से कोर्ट के रिकॉर्ड पर आ जाएगी और तुम्हारा तलाक़ तुम्हारी इच्छानुसार हो जाएगा।

मेरे परिवार और माता-पिता का जहाँ तक सवाल है मेरे पूरे जीवन का व्यवहार, प्रेम, संघर्ष और परिवार के प्रति मेरी कर्तव्यपूर्ति सब उनके सामने है। इस समय उनकी प्राथमिकता मेरी ख़ुशी ही होगी ऐसा मुझे पूर्ण विश्वास है।

फिर भी मैं कोई कदम ऐसा नहीं उठाऊंगा जिसमें तुम्हारा मन, तुम्हारा स्वाभिमान कहीं भी, तनिक भी आहत हो। मैं हर स्थिति में तुम्हारे साथ हूँ पर तुम इस दुष्ट से अपने को छुड़ाओ।

मैं समझता हूँ सीमा----------अपने भीतरी व्यक्तित्व से जुड़े मसलों की उपेक्षा करना जीवन के हर क्षेत्र पर असर

डालता है। भावनात्मक अस्थिरता असंतुष्ट संबंधों की ओर ले जाती है। अपने बारे में लोगों की गलत धारणा सही फैसले करने से रोकती है। किसी सार्थक उद्देश्य का न होना भी जीवन में नाखुशी और असंतोष भर देता है। पर सीमा! निजी विकास के बारे में सोचो, निजी विकास इस दुनिया को रहने लायक बनाने में सार्थक होता है।

विकास की कोई यात्रा सीधी नहीं होती। कई मोड़ कई पड़ाव आते हैं। कभी खुद को टूटते हुए देखते हैं तो कभी एक छोटी सी उपलब्धि भी हमेशा के लिए हमारे ड़र को जीत लेती है।

आत्मविश्वास की राह भी पहाड़ चढ़ने जैसी है, अपना एवरेस्ट फ़तेह करने जैसी। तुम आगे बढ़ो अपने लिए, उस विपिन के जीवन को परमात्मा के न्याय के लिए छोड़ दो।

ठीक है प्रमोद! मेरी समझ में आ गया, मैं केस की अगली ही तारीख पर कोर्ट में अपना बयान दे दूँगी कुछ नहीं छुपाउंगी।

ऐसा ही हुआ और मैं उसके केस की तारीख के दिन मम्मी-पापा को भी अपने साथ कोर्ट ले गया, संक्षिप्त में अपनी इच्छा बता कर।

जैसा सोचा था अपनी बात कहने के साथ ही जज ने सीमा के अनुसार फैसला सुना दिया। समलैंगिक संबंधों के कारण सीमा पर किये गए मानसिक व् शारीरिक अत्याचारों को देखते हुए विपिन पर ही जुर्माना भी लगाया गया जो बाद में सीमा के कहने पर हटा दिया गया।

कोर्ट के बाहर आते ही पिताजी ने उसे मुकदमे में जीत की बधाई दी।

सीमा! हमें तो मालूम नहीं था तुम इतनी बहादुर और इतनी भावुक लड़की हो। अपने माता-पिता और अपने स्वसुर जी की इच्छाओं के लिए इतना दुःख झेलकर ऐसी स्थिति में संघर्ष करती रही।

हमें अपने प्रमोद के लिए ऐसी ही बहादुर और परिवार को प्रेम करने वाली लड़की चाहिए, क्या तुम हमारे प्रमोद से विवाह करोगी?

उसने नज़र उठा कर देखा उसकी आँखों में आंसू थे उसने झुक कर पापा के पैर छू लिए और मम्मी ने उसे गले लगा लिया।

और फिर......

पापा मेरी तरफ घूमे और बोले---हाँ भाई प्रमोद! तुम्हारी क्या राय है? सीमा से बात कर लो। विवाह के लिए रजिस्ट्रेशन अभी करवा देते हैं। और सब हँसते हुए घर को चल पड़े।

कसौल

सुबह बहुत ख़ास थी, ओस में भीगी दुपहर भी अलसायी हुई सी थी। दिलो-दिमाग पर सुकून मलंग हुआ जा रहा था।

सामने बर्फ से ढके पहाड़ों को छूकर आती हवा कानों में बज रहे गीत सी रुमानियत घोल रही थी।

पिछली तमाम यात्राओं की यादगार पर, अनुभवों पर मन का संगीत बज रहा था।

कितनी रूमानी, कितनी हसीन होती होगी उन लोगों की ज़िन्दगी? जिनके घर नदी के किनारे होते होंगे। खिड़की खोलो तो नदी को छूकर बहती हवा सीधे चेहरे को छूती होगी? विशाल पत्थरों पर नदी किनारे घंटों बैठे रहना भी कम ही लगता होगा।

एक बार मुझे भी ऐसी ज़िन्दगी जीने का मौका मिला जो किसी असंभव से सपने के साकार होने से कम न था। कॉलेज की गर्मी की छुट्टियों में हिमाचल के "कसौल" में गाँव के एक घर में, रहने को मिला, जहाँ खिड़की खोलते ही सामने हिलौरें मारती नदी की लहरें थीं और था उसका कोलाहल।

कुछ नदियाँ उग्र होती हैं और कुछ शांत।

कसौल की यह पार्वती नदी उग्र थी, उग्रता इतनी कि कई किलोमीटर दूर तक उसकी लहरों का शोर गूंजता था।

ऐसा लगता था मानो यह नदी कितने बरसों की नाराज़गी मन में समेटे है पर इसके साहिल पर अजीब सी शांति थी।

मिनी इज़रायल कहते हैं कसौल को।

टूरिस्ट भी यहाँ इजरायली ही ज्यादा थे।

कहते तो हैं कि हेश के नशे के कारण ये लोग यहाँ आते हैं पर मेरा अनुभव तो कह रहा था इतनी ख़ूबसूरती मौसम की और इतनी खूबसूरत प्रकृति की देन, यह वादियां लोगों को अपनी और आकर्षित करने के लिए अपने आप में हीं काफी हैं, इनमें तो खुद में ही नशा है-जीवन का, शांति का।

वहीं पर घूमते-घूमते एक दिन प्रशांत से मेरी मुलाकात हुई थी------सीधा सा खूबसूरत लड़का नदी किनारे एक कैम्प के बाहर बैठा गिटार बजा रहा था। मैं वैसे ही पास जाकर बैठ गयी, उसने मुझे देखा, मुस्कुराया, पर अपनी ही धुन में बैठा बजाता रहा। इतना दर्द भरा पहाड़ी गीत वो बजा रहा था कि बिना शब्द बिना अर्थ जाने वो संगीत जैसे मुझे बांधे ले रहा था। काफी देर वहां बैठी रही अचानक मुझे लगा, घरवाले मुझे ढूंढेंगे भी, परेशान होंगे और पागल भी समझेंगे मुझे और झटपट उठ कर मैं अपनी सखियों के झुण्ड में पहुँच गयी।

मैं घर से कभी निकली नहीं थी, ज्यादा ही पारम्परिक परिवार था मेरा, विशेष रूप से लड़कियों के लिए तो चारों और सिर्फ सीमाएं हीं बनीं थीं।

पापा के लाड़ -प्यार के कारण बस, इतना अच्छा था कि मेरी पढ़ाई पर घर की महिलाओं की राय नहीं चल सकी थी। मैं पढ़ाई में अच्छी थी इसलिए हर साल फर्स्ट डिवीजन लाने पर एक ईनाम की हक़दार हो गयी थी और इस बार मेरे एम्. ए. के रिजल्ट के साथ ही सहेलियों के साथ मुझे भी हिल स्टेशन जाने कि परमिशन मिल गयी थी। एक तो सब लड़कियां और दूसरा एक सहेली का यहाँ पर घर था, उसके माँ-बाप यहीं रहते थे।

हमारे रहने की व्यवस्था उसके घर में ही थी और खाने-घूमने की बाकी व्यवस्था हमने बाहर की थी।

पापा-मम्मी को यह भी लगता था कि अब शादी हो जाएगी, पढ़ाई के बाद फिर हमसे कौन सा अपनी इच्छा पूरी करने को कहेगी?

बात सही भी थी, लड़कियों के साथ यही होता भी था।

शाम को सबके साथ बाहर निकली तो आँखें "उसको" ही ढूंढ रही थी पर वो कहीं दिखा नहीं। सच कहूँ तो मेरा मन थोड़ा उदास हो गया।

अगले दिन सुबह-सुबह फिर निकली घूमने। आधे लोग घर पर सो ही रहे थे पर मेरे मन में उसका वो गीत-संगीत सुनने की बैचेनी सी हो रही थी।

एक चाय की दुकान पर आकर बैठ गयी मैं।

कहाँ से आईं हैं आप? अचानक से किये गए इस प्रश्न पर मैंने नज़रें उठाई तो वह सामने खड़ा था। चाय लेकर मैं असमंजस में पड़ गयी।

आप तो कल कैम्प के बाहर गिटार बजा रहे थे, आज यहाँ?---वो मुस्कुरा दिया।

साहब लोग कोई सुनते हैं तो बजा लेता हूँ, गाता भी हूँ। आप सुनेंगी? कहाँ से हैं आप?

मैं दिल्ली से हूँ, और ज़रूर सुनना चाहूंगी। वो फिर मुस्कुराया, बोला- गाता बजाता तो अपने शौक से अपने लिए हूँ पर पैसा जीवन की मज़बूरी है, जो कोई ख़ुशी से दे देता है वही ले लेता हूँ।

आपका नाम क्या है? आप कहाँ से हैं??

माँ-बाप ने तो मेरा नाम प्रशांत रखा था पर लोग मुझे बबलू के नाम से जानते हैं। रहने वाला कुल्लू का हूँ पर यहाँ चला आया और अब तो यहीं का होकर रह गया हूँ।

यह दूकान मेरे मिलने वाले की है सो सुबह शाम थोड़ी मदद करने चला आता हूँ, यहाँ से कोई एकाध गाना सुनने वाला भी मिल जाता है।

आप बताइये- गीत सुनेंगी?

मैंने एकदम हाँ में सिर हिला दिया -हाँ ज़रूर! पर वो जो आप कल बजा रहे थे वही, बोल के साथ। वो तैयार हो गया, बोला- आप चाय पीकर बाहर आईये मैं सामने नदी किनारे मिलूंगा- और मैं भी अपना चाय का प्याला रख कर उसके पीछे-पीछे चल दी।

काफी देर तक नदी किनारे बैठ कर उसका गाना सुनती रही और इस बीच समय का ध्यान ही नहीं रहा और मुझे ढूंढते ढूंढते मेरी सहेलियां मुझ तक वहीं पहुँच गयीं।

वाह! क्या बढ़िया मॉर्निंग वाक है? इतने में ही उस लड़की की मम्मी जो हमारी मेज़बान थी भी आ गयीं।

अरे! इस बबलू के चक्कर में कहाँ पड़ रही हो? यह तो ऐसे ही लोगों को मूर्ख बनाता है। चलो! चलो!!

मुझे बहुत बुरा लगा पर वो मुस्कुरा दिया, उठ कर चलने लगा तो मैंने झट से हाथ में पकड़ा हुआ पांच सौ का नोट उसके हाथ में चुपचाप थमा दिया वो बिना कुछ बोले चला गया।

मैं आ तो गयी पर मेरा मन वहीं रह गया। पूरा दिन इधर-उधर एक से एक खूबसूरत नज़ारे देखते हुए फोटो खिंचवाते हुए एक दूसरे के साथ हंसी-मज़ाक, मौज़-मस्ती में निकल गया। घर लौटते समय नज़र एकदम अलग से डिजाइन के मकान पर पड़ी मैंने पूछा- यह क्या है? होटल है क्या??

नहीं नहीं होटल नहीं है, ये तेरे उस बबलू का डेरा है जिसका तू गाना सुनने भाग रही थी।।

क्या? ये तो बड़ा सुन्दर लग रहा है चलें? देख कर आएं?

नहीं-नहीं! माँ नाराज़ होंगी, शाम हो रही है वैसे भी इधर जाने को माँ मना करती हैं, दिन में चलेंगे।

सभी ने हाँ में हाँ मिलाई- ठीक है! कल चलेंगे दिन में।

अगले दिन उधर जाना नहीं हुआ।

मैं किसी न किसी बहाने सुबह-दुपहर- शाम, जब भी मौका मिलता, मिल ही लेती थी। पता नहीं उसे देखने, उससे मिलने की अजीब सी बैचेनी मेरे अंदर भरती जा रही थी। हर बार वो उतना ही शांत, उतना ही गंभीर और उतनी ही मीठी धुन बजाता मिलता। उतना ही दर्द होता उसके गीत में।

आज मुझ से रहा ही नहीं गया- मैंने अपनी सखी को अपना हाल बता ही दिया।

प्लीज़! मुझे तुम बबलू के बारे में बताओ, उस मकान के बारे में क्या कहानी है? क्या राज़ है बताओ।

मेरे काफी कहने पर आखिर वो बोल ही पड़ी- कुल्लू का रहने वाला है, साधारण किसान परिवार था, मौसम की मार को सहते-सहते इसके पिता का मिज़ाज़ बदल गया और इसका बाप खेती छोड़ कर कुल्लू-मनाली की वादियों में घूमने आने वालों का गाइड बन गया। कमाई अच्छी होने लगी एक गाड़ी खरीद ली और गाइड के साथ-साथ टैक्सी भी अपनी चलाने लगा। ज़िंदगी की गाडी भी सही दौड़ रही थी, एक अच्छी मेहनती पत्नी और प्यारा सा एक बच्चा लेकिन कुछ ही महीनों में सब-कुछ बदल गया।

टैक्सी में घूमने आने वाली एक महिला दोस्त का प्यार ऐसा परवान चढ़ा कि कुल्लू छोड़कर यहाँ आ गया। पत्नी-बेटा-घर सब छोड़ दिया।

पैसे वाली महिला थी, उसने यहीं यह बंगला बना लिया जो पहले पुराना था उसी को रिनोवेट करवा लिया और इसे इसके बाप के नाम ही कर दिया क्यूंकि हिमाचल में बाहरी लोगों को संपत्ति खरीद की इज़ाज़त नहीं है।

कई महीनों तक दोनों साथ रहे। इसका बाप तब तक प्यार में पूरा अंधा हो गया था। एक दिन वो औरत उसे छोड़ कर चली गयी। वो उसके पीछे भागा, खूब ढूँढा, पता-ठिकाना जो उसने बताया सब गलत था बस पता चला तो सिर्फ यह कि वो औरत शादीशुदा थी।

बेवफाई को इसका बाप सह नहीं सका, वापस घर-परिवार में लौटने का मन भी नहीं हुआ और हिम्मत भी नहीं हुई। इस कोठी की वसीयत बबलू के नाम करके उसने आत्म-हत्या कर ली।

इसकी माँ ने इसकी परवरिश की, कोशिश की पर सीमित साधनों की मज़बूरी में ज्यादा पढ़ा-लिखा न सकी। मन की कमज़ोरी और मेहनत की अधिकता- जो कुछ घर-ज़मीन बचा था वो कर्जदारों ने हड़प लिया। माँ को खबर थी कि यह कोठी बबलू के नाम है। कुछ भले लोग थे जिन्होंने इसे रास्ता दिखाया और यह यहाँ आ गया। लेकिन माँ ने भी साथ छोड़ दिया, सदमे पर सदमे सहन करते-करते टूट गयी और भगवान् को प्यारी हो गयी और तब से ये यहीं है ऐसे गीतों में दर्द बेचता है और पेट पालता है। इसे उम्मीद है, एक दिन पिता कि मित्र वो महिला आएगी।

तू! इसकी तरफ मत भाग, लोग इसे और इस कोठी दोनों को अपशकुनी मानते हैं।

अपनी सखी से सारी बात जानने के बाद मुझे बबलू से मिलने की इच्छा और बढ़ गयी। जो कुछ हुआ इसमें, इसका क्या कुसूर?

धोखा इसके पिता ने इसकी माँ को दिया, पिता की महिला मित्र ने पिता को दिया, माँ अपना आत्म-सम्मान त्याग कर इसे कुल्लू से यहाँ ले आयी। पिता ने अपने नाम से खरीदा महिला मित्र का बंगला इसे अपनी वसीयत से दे दिया, इन सब में यह और इसका बंगला अपशकुनी कैसे हो गया?

सुबह-सुबह मैं वहीं चाय की दुकान पर पहुँच गयी। मैंने दूर से उसे देख कर आवाज़ लगाई- प्रशांत!

वो एकदम से चौंक गया, उसे इस नाम से कोई नहीं बुलाता। चुपचाप पास आया, बोला- जी! बताइये। मुझे तुमसे कुछ बात करनी है, प्रशांत! मेरे साथ चलो। उसने कहा- आप नदी किनारे चलिए मैं वहीं आता हूँ।

मैं धीरे-धीरे, किनारे की तरफ बढ़ रही थी मेरे पहुँचने से पहले ही वो वहां पहुँच गया।

प्रशांत! मुझे तुम्हारा बंगला देखना है अंदर से।

मेरा बंगला? आपसे किसने कहा?

किसी ने भी कहा हो, यह बताओ, दिखाओगे या नहीं?

वो बंगला अपशकुनी है, मैं भी वहां नहीं जाता। बाहर के कमरे में ही रहता हूँ।

-- तो बेच दो इसे। नहीं मैं बेच नहीं सकता, ये किसी के प्रेम की निशानी है। फिर यहाँ इसे कोई खरीदेगा नहीं और बाहर के लोग इसे खरीद नहीं सकते।

आप बताइये! आप इसे क्यों देखना चाहतीं हैं? पता नहीं प्रशांत! पर मैं इसे देखूंगी।

काफी बहस के बाद वो तैयार हो गया और हम बंगले के पास पहुँच गए।

मैं बाहर से ही उसे देख कर हैरान हो गयी।

कितना खूबसूरत पर साथ ही प्रश्न घूम गया दिमाग में-- क्यों छोड़ गयी वो महिला और क्यों इसके पिता ने इसके उपयोग की बजाय आत्म-हत्या कर ली? और क्यों यह लोगों की बातों के कारण इसे नहीं अपना रहा?

बहुत सुन्दर बंगला था वो। दो मंज़िल ज़मीन के नीचे और तीन मंज़िल ज़मीन के ऊपर। लिफ्ट लगी हुई थी। हर मंज़िल पर पांच-पांच, सात-सात कमरे बने हुए थे। ग्राउंड फ्लोर पर दो-दो कमरों को जोड़ कर कुछ बड़े साइज के हॉल बनाये हुए थे। बंगले के बाहर बीच का फर्श सब पक्का था, दोनों तरफ बगीचा था जो अब उजाड़ पड़ा था। चारों तरफ बड़े-बड़े खूबसूरत पेड़ थे। बंगले के अंदर सब बढ़िया लकड़ी का काम था। अलमारियां, फर्नीचर सब बहुत बढ़िया था। अच्छे बड़े बाथ-रूम थे जिनमें सब बढ़िया क्वालिटी की फिटिंग्स लगी थीं। हर चीज़ से आदमी के शौक और पैसे का पता चल रहा था। दीवारों पर सब तरफ एक से एक सुन्दर पेंटिंग्स लगीं थीं। लाइट्स लैम्प्स सब बेहद शानदार थे।

मेरी आँखें फटी की फटी रह गयीं, हर चीज़ को देख कर, और प्रशांत, एक एक जगह का दरवाज़ा खोल कर दिखाता हुआ ऐसे चल रहा था जैसे मानो किसी गुलाम को सिर उठाकर किसी चीज़ को देखने या बोलने की मनाही हो।

ग्राउंड फ्लोर पर ही एक किचन थी बहुत ही शानदार और मॉडर्न।

सारे बंगले से अलग बाहर एक कमरा था जिसके बाहर एक टॉयलेट बना था, शायद चौकीदार या नौकर के हिसाब से बनवाया होगा उसी में यह प्रशांत रहता था।

छोटा सा लकड़ी का एक तखत और ज़रूरी सामान और कुछ कपड़े। थोड़ा बहुत खाना बनाने-खाने का सामान, कुछ किताबें और दो-चार फोटो फ्रेम जो उलटे रखे हुए थे जिन्हें मैंने सीधा किया और पूछा- कौन कौन हैं ये लोग?

एक फोटो उसके माता-पिता की थी साधारण पहाड़ी पति-पत्नी की, दूसरी में एक छोटा बच्चा साथ था- यही होगा प्रशांत। एक फोटो में दसवीं की परीक्षा का प्रमाण-पत्र लेकर प्रशांत खड़ा था।

मैंने पूछा- तुम्हारी दूसरी माँ की फोटो नहीं है? वो एकदम चौंक गया।

क्या? क्या बोल रहीं हैं आप? माँ दुनिया में एक ही होती है।

यह देखो मेरी माँ! मैं दिखाता हूँ आपको।

वो पहली बार ऐसे बोला था जैसे उसके मुंह में जुबान भी थी। उसने घूम कर कुछ उठाया- उसके हाथ में मिट्टी से बनी एक मूर्ति थी उसकी माँ की।

हाथ से दुलारते-सहलाते वो रो पड़ा- ये है माँ! ऐसी दूसरी नहीं हो सकती। मेरे लिए इसने अपने आप को मिटा दिया।

सॉरी-सॉरी-सॉरी! मेरा ऐसा मतलब नहीं था। मैंने कुछ सुना था इसलिए पूछ लिया।

चलो चलो! वापस चलते हैं, वैसे भी बहुत समय हो गया।

वो फिर उसी शांत रूप में मेरे साथ हो लिया।

मैं वापिस आ गयी, लौटते में कोई बात भी नहीं हुई।

सारी सहेलियां वापसी का प्रोग्राम बना रहीं थी पर मैं प्रशांत को ऐसे छोड़ना नहीं चाहती थी। मैंने रिक्वेस्ट की, मुझे मुश्किल से मौका मिलता है वो भी साल में एक बार, मेरे खातिर दो-चार दिन और रुक जाओ। बड़ी मिन्नत के बाद सब लोग मान गयीं और घर पर सूचना दे दी।

मैं फिर प्रशांत के पास पहुँच गयी, प्रशांत प्लीज मुझे अपने तथा अपने घर वालों के बारे में पूरी बात बताओ, मैं तुमसे सुनना जानना चाहती हूँ। उस औरत के बारे में जानना चाहती हूँ जिसने तुम्हें इतना बड़ा दर्द दिया है।

कौन थी कहाँ से थीं?? तुम्हारे कागज़ों में, तुम्हारे पिता के सामान में? कोई पता, कोई फोटो कुछ तो होगा? तुम्हारी माँ के सामान में देखो उसने कितनी तकलीफ झेली है हो सकता है कुछ मिल जाए। इतने महीनों वो तुम्हारे पिता के साथ यहाँ रही है, लोगों ने उसे देखा भी होगा, प्रॉपर्टी खरीद के कागज़ों में कोई अनदेखा सच छुपा हो? प्लीज मुझे बताओ।

आप क्यों पीछे पड़ी हैं? यहाँ पहाड़ों में ऐसा ही होता है, बाहर के लोग यहाँ धोखा देने के लिए ही आते हैं और हम पहाड़ी भोले और साफ मन के होने के कारण शहरी लोगों की होशियारी और चालबाज़ी को समझ नहीं पाते।

एक ही औरत काफी थी जिसने मेरा सब कुछ छीन लिया अब मेहरबानी करके आप मुझ में अपनी कोई दिलचस्पी मत दिखाइए।

गाना सुनाकर, चार पैसे कमाकर मैं खुश हूँ। मेरा गाना आपको अच्छा लगा, मेरे लिए यही काफी है कहते-कहते उसकी आँखें भर आईं।

पर मुझे भी पता नहीं क्या हो गया था मैंने भी उसका पीछा नहीं छोड़ा।

परेशान होकर वो मुझे रजिस्ट्रार के दफ्तर ले जाने को तैयार हो गया। पहले तो सबने मना ही कर दिया पर बाद में कुछ ऊपर की कमाई के लालच में ऑफिस का एक पुराना कर्मचारी मदद के लिए तैयार हो गया।

पुरानी बात, पुराना रिकॉर्ड देखते-खंगालते काफी समय निकल गया लेकिन आखिर मेहनत रंग लाई और उस महिला की एक फोटो कागज़ों के साथ मिल गया।

फोटो देखते ही मेरे पाँव के नीचे की ज़मीन निकल गयी, बड़ी मुश्किल से मैंने अपने आप को सम्हाला। सारे कागज़ों के साथ फोटो की एक कॉपी निकलवा कर हम लोग वापस आ गए।

मैंने प्रशांत से कहा- मैं अब इस फोटो और पते से इन्हें ढूंढने में तुम्हारी मदद करूंगी, मेरा विश्वास करो मैं कोई धोखा नहीं करूंगी तुम्हारे साथ। भगवान् ने चाहा तो सब अच्छा ही होगा बस तुम इस सबका जिक्र किसी से मत करना।

मैंने अपना पता टेलीफोन और मोबाइल नंबर उसे दिया। मेरी सहेली का घर यहाँ था ही। सबके पास लौट कर, थोड़ा अपने आप को नार्मल कर मैंने वापसी का प्रोग्राम बनाया।

घर की लाड़ली के घर लौटते ही सब प्रसन्न हो गए और दिनचर्या सामान्य हो गयी पर मेरा मन कसौल की उस कोठी में अटक गया था। सारे दिन उस कोठी को होटल बनाने का सपना देखते हुए तरह-तरह की प्लानिंग करती रहती।

प्रशांत का भोला-भाला सहमा हुआ चेहरा, मेरी आँखों से हटता नहीं था। उसकी मदद की योजना सोचते सोचते, सुबह से शाम और शाम से सुबह हो जाती।

एक दिन सुबह आँख खुली तो घर में बड़ी हलचल सी मची हुई थी पूछने पर पता चला मेरी बुआ आयी है। पापा और तायाजी

दोनों की ही एकलौती बहन। धनाढ्य परिवार की एकलौती बहू जिसकी आवाज़ से परिवार के सब सदस्य थरथराते थे। मम्मी और ताई जी तो एकदम गूंगी बनकर एक ओर हो जाते थे। जरूरत से ज्यादा प्यार इज़्ज़त और पैसा पाने के कारण एकदम नकचढ़ी, मतलबी, इंसान को इंसान न समझने वाली मेरी खूबसूरत बुआ घर में कदम रखते ही अपनी दबंगाई दिखाना शुरू कर देती थी और सब उसकी ज़ी-हुज़ूरी में भागने लगते थे।

कहने को तो यह उसका मायका था पर उसकी मर्ज़ी के बिना यहाँ भी पत्ता नहीं हिलता था। सारे भाई-बहिन उस से डरते थे कोई सामने नहीं पड़ता था बस नमस्कार-प्रणाम करके सब अपने अपने रस्ते हो लेते थे। पता नहीं कौन सी बात बुआ को बुरी लग जाय और घर में तूफ़ान आ जाय। एक उसका लाडला बेटा था जो तमीज से कौसों दूर था पैसे के घमंड में पागल, दुनिया को अपनी जेब में समझता था।

फूफाजी अकूत सम्पत्ति के मालिक थे। देश-विदेश में घूमना, पार्टियां, मौज़-मस्ती, फैशन-शराब-खाना-पीना और हर तरह की रंगीन ज़िन्दगी पसंद करने वाले पर, बुआ पर जान छिड़कते थे।

किसी तरह की कोई पाबंदी उन्होंने बुआ पर कभी नहीं लगाई थी। शादी के आठ साल बाद ये एक सुपुत्र देकर बुआ ने उन्हें और अपना गुलाम बना लिया था। मैं लेटे-लेटे सारी बातों पर विचार कर रही थी तभी माँ एकदम से आयी- उठ लाडो! तेरी बुआ आयी है, पूछ रही है तुझे।

मैं झट से खड़ी हो गयी, सौभाग्य से पूरे घर में, मैं ही बुआ की लाड़ली थी।

गले लगाते ही प्रश्नों की झड़ी लगा दी। ढेरों उपहार, फल-मिठाई के प्रदर्शन में लग गयी।

हमेशा बुआ जब आतीं थीं तो हम सब भाई-बहिन उनकी बातों और लाये हुए तोहफों में ही उलझे रहते थे। आगे-आगे रहकर बुआ को खुश रखने में ही लगे रहते।

आगे की अपनी कोई इच्छा, कोई डिमांड हो या फिर कोई बात या शिकायत तक भी हम सब बुआ से ही करते थे क्योंकि हमें लगता था कि बुआ की बात तो हम्हारे माता-पिता भी नहीं टालेंगे। हज़ार बुराइयों के बाद भी एक सच्चाई यह थी कि वो हम बच्चों को बहुत प्यार करती थीं, खासकर मुझे।

कॉलेज के ज़माने में ही, फूफाजी ने बुआ को देख कर पसंद कर लिया था। हमारा परिवार उनके जितना संपन्न नहीं था और उनकी माँ इस रिश्ते का विरोध भी कर रहीं थी, लेकिन फूफाजी नहीं माने। बुआ का ब्याह इतने बड़े घर में होने के कारण हमारे परिवार का नाम भी ऊँचा हो गया था लेकिन संयोगवश, शादी के सात साल बाद भी उनके कोई संतान नहीं हुई।

घर टूटने को हो गया।

फूफाजी की माँ ने बेटे का दूसरा विवाह करने का फैसला कर लिया। वंश चलाने के लिया औलाद तो ज़रूरी है, फूफाजी भी इस दबाव के आगे घुटने टेक चुके थे। बुआ ने जगह-जगह, हर तरीके के खूब इलाज़ कराये, टोने-टोटके, तंत्र-मंत्र, पूजा-पाठ, व्रत-नियम और दान-धरम क्या नहीं? खूब किये। जगह-जगह घूमती, कहीं अकेली कहीं फूफा के साथ।

हमारे परिवार में भी खूब परेशानी रहतीं, खूब मनौतियां मानते क्योंकि सबको दीखता था, दूसरी औरत आते ही बुआ का सब संसार बिखर जाएगा। सारा अधिकार उसका और उसकी संतान का होगा।

पर, भगवान् ने दोनों परिवारों की सुन ली, बुआ गर्भवती हो गई और नौ महीनों में एक सुन्दर बेटे को जन्म दे कर राजरानी बन गयीं।

अब तो सारा परिवार, पैसा, रसूख, अधिकार सब बुआ की मुट्ठी में था।

बुआ मेरे सिर पर हाथ फेर रही थी, बोले जा रही थी और मैं दिन-साल-महीने-तारीखों का हिसाब अपने दिमाग में बिठा रही थी।

अचानक बुआ का हाथ रुक गया- क्या हो गया तुझे, निक्की?

इतने दिनों में मिल कर भी कुछ बोल नहीं रही?

भाभी बता रही थी कि तू अपनी सहेलियों के साथ घूमने गयी थी।

कहाँ गयी थी? क्या किया? क्या हुआ? क्या-क्या घूमा? मेरे लिए क्या लाई? बोल तो सही! पर मैं थी कि कुछ बोल नहीं पायी, उठ कर अंदर आ गयी। ज़ी अजीब सा हो गया, मितली सी आने लगी। बुआ पीछे-पीछे आ गयी, क्या हुआ निक्की?

वो सचमुच मुझे बहुत प्यार करती थीं और मैं भी। पर------ दिमाग में सब गड्डम गड्ड होने लगा, इतने में माँ आ गयी क्या हुआ? निक्की क्या हुआ?

कुछ नहीं माँ! थकान के कारण ऐसा हो रहा है और कुछ नहीं।

बुआ ने डॉक्टर बुला लिया-----पर मैं तो ठीक थी और फिर इतनी देर में सम्हल भी जो गयी थी। डॉक्टर ने भी यही कहा-- थकान और कमज़ोरी है और कुछ नहीं।

बुआ से मिलने के बाद मेरा अनुमान यकीन में बदल गया, प्रशांत के पिता की व्यवहारी महिला और कोई नहीं, मेरी यह बुआ ही थी और उसकी यह औलाद फूफा की नहीं बल्कि प्रशांत के पिता की ही थी।

प्रशांत की परेशानी का हल और उसकी चाबी मेरे पास थी लेकिन इतनी बड़ी साज़िश रचने वाली बुआ के शातिर और चालबाज़ दिमाग का सामना करने के लिए मुझे पूरी तैयारी चाहिए थी।

बुआ एक प्रतिष्ठित परिवार की, बड़ी उम्र की धनाढ्य महिला थी जिसका चारों तरफ नाम था और मैं एक ना समझ, अल्हड छोटी उम्र की कॉलेज में पढ़ने वाली लड़की, पर जो भी हो मैंने प्रशांत को मदद का वादा किया था।

एक दिन मैंने बुआ के साथ अकेले खेतों में घूमने जाने का प्रोग्राम बनाया। बुआ मेरा मन रखने को राज़ी हो गयी।

बातों-बातों में मैंने उनसे कहा- बुआ आप मेरी सबसे अच्छी फ्रेंड हो बचपन से, मुझे आप से एक बात कहनी है और मुझे आपकी मदद भी चाहिए। बुआ चौंक गयी।

ऐसी क्या बात है निक्की? बता? तेरे लिए मैं कुछ भी कर सकती हूँ।

बुआ! मैंने सुना है मम्मी-पापा मेरे लिए लड़का देख रहे हैं मेरा ब्याह करना चाहते हैं। मैंने सुना है आपने भी एक-दो लड़के बताये हैं पर बुआ मुझे ब्याह नहीं करना। क्यों? क्या हो गया? तुझे और कोई पसंद है क्या? ब्याह तो हर लड़की का होता है, तो फिर तुझ्र कुंवारा कौन रहने देगा?

साल-छह महीने रुकने की बात हो या फिर और पढ़ाई करने चाहती है तो बता, तू मेरी लाडो है मैं तेरी पूरी मदद करूंगी।

मैं भी कम नहीं थी- उनके हिसाब से ही दिमाग दौड़ा रही थी, बुआ पहले प्रॉमिस करो।

बुआ ने मान लिया और वादा किया- किसी को कुछ नहीं कहूंगी!

तेरी मदद करूंगी, बता क्या बात है?

अब मैंने भूमिका बांधनी शुरू की। बुआ मुझे अपने एक दोस्त की मदद के लिए पच्चीस लाख रुपये चाहिए उसके साथ बहुत बड़ा धोखा हो गया है। किसी ने धोखे से उसके माँ-बाप को मार दिया वो अकेला है और बहुत मुश्किल में है।

बुआ सकते में आ गयी, ऐसा कौनसा तेरा दोस्त है निक्की? तुझे मालूम है पच्चीस लाख रूपये कितने होते हैं? फिर जिसने उसके माँ-बाप को मारा है वो उसे भी मरवा देंगे तो ये पैसे कौन चुकाएगा??

बुआ! आपके पास करोड़ों रुपया है, मैं उधार नहीं देना चाह रही, उसकी मदद करना चाहती हूँ ताकि वो कोई अपना धंधा करके आराम से रहे।

बुआ ने कहा-- मदद करना तो ठीक है निक्की! पर यह बहुत बड़ी रकम है तू उसे यहाँ बुलाले मैं बात करूंगी, उस को अपने साथ किसी काम में लगा लेंगे, नौकरी चाहेगा तो नौकरी दे देंगे।

तेरा मन उस पर आ गया हो तो बात और है।

कहाँ रहता है? क्या करता है? तू मुझे उस से मिलवा। तू भोली है, कहीं तुझे झूठ बोल कर फंसा तो नहीं रहा?

नहीं बुआ! वो बहुत सीधा और अच्छा लड़का है। उसने सच में अपना सब-कुछ खो दिया है। उसके पास एक घर के अलावा और कुछ नहीं है जिसे वो अपने पिता के प्रेम की निशानी समझता है। ना वो उसे बेचता है ना जगह छोड़ता है, बहुत मज़बूरी में है। आपके पास करोड़ों रूपया मौज़-शौक में खर्च होता है बुआ! एक उपकार करके अच्छा काम कर लो।

ठीक है मैं सोचूंगी पर तू पहले मुझे उस से मिलवा। कोई उसका रिश्तेदार जिसे तू जानती हो?

ठीक है! वो मान जाएगा तो मैं आपको उस से मिलवा दूंगी।

बात-चीत करके हम वापिस आ गए।

मेरा मन शांत था, बात कुछ आगे बढ़ा कर। बुआ उदिग्न थी अपनी प्यारी निक्की की बातचीत से।

पैसा तो उसे निक्की से ज्यादा प्यारा नहीं था और उसके लिए यह रकम भी बड़ी नहीं थी पर वो डर रही थी, निक्की कहीं झूठ तो नहीं बोल रही है? किसी मुसीबत में तो नहीं है?

रात भर में मैंने प्रशांत के लिए जो भी करना होगा उसकी योजना बना ली।

इधर बुआ इस खोज में लग गयी कि मैं सहेलियों के साथ कहाँ घूमने गयी थी सिर्फ लड़कियां थीं या लड़के भी? पर हमारी कहानी सच्ची और साफ़ थी उनके हाथ कुछ भी नहीं लगा। हम कुल्लू-मनाली घूमने गए थे और सहेली के मम्मी-पापा के साथ उनके घर में रुके थे।

अगले दिन ही बुआ ने एलान कर दिया, अभी निक्की की छुट्टियां हैं, कुछ दिन मैं इसे अपने साथ ले जा रही हूँ। मेरे साथ घूमेगी- फिरेगी और इसका आगे का भी कुछ तय करेंगे। उनके कहने के बाद घर में तो कोई उनका विरोध करता ही नहीं है।

मैं उनके साथ आ गई।

मैंने बबलू को फोन किया, उसने उठाया, फिर काट दिया। कई बार मिलाया पर उसने बात नहीं की। अचानक, मुझे याद आया मैं उसे बबलू के नाम से फोन कर रही हूँ जबकि मैं हमेशा उसे प्रशांत बोलती थी। इस बार उसने फोन उठा लिया।

मैंने महिला को ढूंढने की बात शुरू करके फिर पार्टनरशिप में उसकी कोठी में होटल चलाने की बात की, उसको यकीन दिलाया, पैसा मैं लगाऊंगी, काम सब तुम्हारे नाम से होगा। मैं तुम्हारा साथ नहीं छोड़ूंगी। जो कमाएंगे उस से जरूरतमंदों की मदद भी करेंगे।

महिला से उसको मिलवाने की ज़िम्मेदारी मेरी पर इसके लिए उसको एक बार आना पडेगा।

उसने मान लिया और मैंने उसे बुआ के फार्म हाउस का पता देकर कहा---जब रवाना हो तो बता देना, मैं इस पते पर उसे मिल जाउंगी।

उसका फोन आते ही मैंने बुआ को बता दिया और हम दोनों फार्म-हाउस चले गए।

वो आया- वैसा ही गुमसुम, नज़रें झुकाये। हाँ! दिल्ली के नाम से अच्छी तरह कपड़े पहन कर आया था। सुंदर तो वो था ही, उसका व्यक्तित्व और भी अच्छा लग रहा था।

बुआ ने उसके आते ही उसके रहने और उसके नाश्ते का आर्डर किया और लेने लगी उसका इंटरव्यू।

मैंने उसे पहले ही बता दिया था, इसलिए उसकी और मेरी बातों में कोई अंतर नहीं था।

पूरी बातचीत में उसने बुआ या मेरी तरफ एक बार भी नहीं देखा। यही बात बुआ को प्रभावित कर गयी।

बुआ ने कहा- निक्की ने बताया तुम गाते बहुत अच्छा हो, हमें भी कुछ सुना दो-------

उसने बिना किसी संकोच के एक गीत गाना शुरू कर दिया-----गीत में इतना दर्द था कि बुआ अपनी आँखों को छलछलाने से रोक नहीं पाई।

उन्होंने कहा- तुम यहाँ रुको प्रशांत! तुम्हारे लिए जो बन पड़ेगा, हम करेंगे और तुम्हारे गीत के लिए भी। उसने झुक कर बुआ के पैर छुए और फिर वापिस बैठ गया चुपचाप।

बुआ के बाहर जाते ही मैंने उस से कहा- निराश मत होना! हमारे दोनों काम ज़रूर होंगे, थोड़ा वक़्त लगेगा। ये बहुत बड़े लोग हैं, तुम आराम से यहाँ रुको, सारी व्यवस्था है, कोई काम हो तो मुझे फोन कर लेना पर ज्यादा यहाँ किसी से बात मत करना ख़ास कर इनके बेटे से वो बहुत बद्तमीज़ है।

मैं बाहर आ गयी। बुआ मेरा इंतज़ार कर रही थी। निक्की सच बता! तेरा कोई चक्कर तो नहीं है। लड़का तो बहुत अच्छा, सुन्दर और सच्चा लगा पर जिस धंधे में ये जाना चाहता हैं उसके लिए इसे ट्रेनिंग की ज़रूरत है। पैसा तो मैं तुझे दे दूंगी पर मेरी राय है पहले इसका थोड़ा शहरी मेकओवर करवा ताकि इसे कॉफिडेंस से बात करना आये। अभी ये जैसा है, इसे तो कोई भी बेवकूफ बना देगा।

मैंने कहा- बुआ! मेरा कोई चक्कर नहीं है। अच्छा लड़का है, धोखा खाया हुआ और ज़रूरतमंद है।

किन्हीं पैसे वालों ने इसे अनाथ बनाया, हमारी मदद से ये फिर खड़ा हो जाएगा। हमारे पैसे से इसका कल्याण हो जाएगा और किसी का पाप धुल जाएगा। बस! इतना ही सोचा मैंने।

दूसरे दिन सुबह ही बुआ ने एक आदमी अप्पोइंट कर दिया उसकी ट्रेनिंग के लिए। उठना, बैठना, चलना फिरना, बोलना, बतियाना, खाना पीना- सब के लिए यानी कम्प्लीट पर्सनल्टी डेवलपमेंट के लिए।

खुद साथ जाकर उसे अच्छे कपड़े, जूते व् ज़रुरत का सारा सामान दिलवाया जिस दौरान मैं खुद भी साथ थी पर बिना बोले- चुपचाप।

बुआ की सुई बार-बार मुझ पर ठहरती थी और फिर रुक सी जाती थी।

एक दिन बोली- निक्की! तू भी एम् बी ए कर ले, या होटल मैनेजमेंट का कोर्स। तू दो साल शादी से भी बच जायेगी और तेरा ये काम भी हो जाएगा।

मैं और बुआ रोज़ उस से गाना सुनते वो अपना तो लाया नहीं था, बुआ ने उसे एक गिटार भी दिला दिया।

मेरे मन में क्या था, ये मैं जानती थी पर बुआ के मन में क्या है ये मुझे पता नहीं था।

प्रशांत रोज़ मुझे प्रश्नवाचक नज़रों से देखता था बस- कहता कुछ नहीं था। शायद खुश भी नहीं था।

अचानक एक दिन बुआ ने कहा-- प्रशांत का एक प्रोग्राम रखवा दें गाने का, यहीं फार्म हाउस पर? बता देंगे हमारा गेस्ट है। तुम्हारे फूफाजी भी आने वाले हैं उनसे भी मिलवा देंगे।

एक बार तो मैं घबरा गयी, सुनकर। पता नहीं, प्रशांत राज़ी भी होगा या नहीं इसके लिए? लेकिन फिर मैं सम्हल गयी- घबराने की बात नहीं है, सारे इक्के तो मेरे पास हैं। मैं रानी को जीतने नहीं दे सकती। रानी--बादशाह को तो देख लेंगे।

सच तो यह था- अपने कॉन्फिडेंस पर मैं खुद हैरान थी।

बुआ ने उसका प्रोग्राम सेट कर दिया और प्रशांत ने भी बिना कुछ कहे सब मान लिया।

फार्म हाउस में बहुत सी अमीर औरतें, आदमी, बच्चे, हमारा परिवार सब इकट्ठे हुए।

सब की तारीफें, सब के ईनाम के लिफाफे, सभी के अपने यहाँ प्रोग्राम रखवाने की विनय और निमंत्रण उसे मिल रहे थे। लडकियां थीं कि गाने से ज्यादा उसकी सुंदरता पर रीझ रहीं थीं और मैं चुपचाप सब होते देख रही थी।

बुआ खुश थी। उसने उसी रात पच्चीस लाख का बैग मेरे हाथों में थमा दिया- बोली तू ने सही सोचा है निक्की! यह बच्चा कलाकार है, डिज़र्व करता है और वैसे भी पहाड़ी लोग अच्छे होते हैं। मुझे लगा- शायद उसके भी मन में कहीं कोई दर्द था।

प्रशांत के, बुआ ने अलग-अलग ऑडिशन कराये, प्रोग्राम कराये, सब जगह उसे सफलता मिली।

मेरा होटल मैनेजमेंट के लिए एडमिशन करवा दिया गया और मैंने होटल प्रोजेक्ट पर कागज़ी कार्यवाही भी शुरू कर दी।

सब मेरे सोचे-सोचे हो रहा था। कहीं-न-कहीं बुआ उसे मुझसे जोड़ कर देख रही थी ऐसा हल्का सा एक ज़िक्र उसने मेरे मम्मी-पापा से भी किया पर सब धीरे-धीरे।

एक दिन अचानक आ गयी, बोली- निक्की! एक दिन इसके साथ चलकर वो घर तो देखें, जगह देखे बिना सब काम आगे बढ़ा रहें हैं। मैंने कहा- बुआ! मेरा देखा हुआ है, देख कर ही तो विचार बनाया था। मैं आपको फोटो दिखा देती हूँ। फोटो देखते ही वो चौंक गयी पर सम्हल गयी। घर तो अच्छा है, लोकेशन क्या है? कुल्लू या मनाली?? अभी कौन रह रहा है? किरायेदार हैं या खाली है?

ये न कुल्लू है ना मनाली है, ये कसौल है। पार्वती नदी के तट पर बसा खूबसूरत वादियों का शहर।

ये अब टूरिज़्म को बढ़ावा देने के उद्देश्य से स्टेट गवर्नमेंट की तरफ से डेवेलप किया जा रहा है, यहाँ विदेशी टूरिस्ट काफी आता है, हमारा होटल खूब चलेगा। स्थानीय लोगों को रोज़गार में भी मदद मिलेगी।

बुआ एकदम अजीब सी हो गयी और थोड़ा आवेश में भी आ गयी।

निक्की! तू कसौल कब गयी और प्रशांत को कैसे जानती है? क्या चल रहा है तेरे और उसके बीच में? साफ़-साफ़ बता। तुझे पता है, तू मेरे लिए मेरे बेटे से भी ज्यादा अपनी है। मेरी अपनी संतान से पहले तू है। क्या छुपा रही है मुझ से? तुझे पैसे चाहिए थे, मैंने बिना न-नुकर दिए। तू! इस लड़के की जितनी मदद करना चाहती थी मैंने उस से चार गुना ज़्यादा इसे खड़ा कर दिया, पर अब क्या? अब साफ़ क्यों नहीं बोल रही??

बिना जगह देखे, बिना लोगों से मिले तो इतना बड़ा फैसला नहीं ही हुआ होगा। तू क्या समझती है अभी बिज़नेस के बारे में? और ये लड़का----? लड़का अच्छा है, भोला है पर नासमझ है। मुझे बता क्या चाहती है? साफ़-साफ़ बता! तुझे इस से शादी करनी है? प्यार करती है इस से?

नहीं! नहीं। नहीं-----मैंने अपने दोनों हाथ अपने कानों पर रख दिए-ऐसा सोचना भी मत बुआ! आपने मुझे अपनी संतान माना है तो मैं भी मम्मी-पापा से पहले और उनसे ज़्यादा आपको मानती हूँ, हाँ! एक बात और, मैं स्वार्थी नहीं हूँ बुआ!

आपका हित-आपका फायदा, आपकी इज़्ज़त मेरे लिए बहुत मायने रखता है। आपके जाने से कोई समस्या ना खड़ी हो इसलिए मैं रोक रही थी लेकिन बस------अब बहुत हुआ।

अब आप और मैं दोनों चलकर आएंगे, प्रशांत को तब तक यहाँ और रहने दो।

मैं और बुआ दोनों रवाना हो गए। ड्राइवर की मौजूदगी के कारण रास्ते भर कोई बातचीत नहीं हुई। रास्ते में खाना खाने रुके तो बुआ ने कहा- निक्की तू नाराज़ हो गयी है। मैंने तुझ से सवाल सिर्फ इस ड़र से किये कि कहीं तू गलत न फंस जाय।

पर मुझे तो सचमुच बुआ पर गुस्सा था। अपना गिरेहबान काला है और शक मुझ पर कर रहीं हैं।

बुआ! अभी यहाँ बात नहीं, अब हम कसौल पहुँच कर ही बात करेंगे।

हम कसौल पहुंचे, सीधे प्रशांत की कोठी के सामने जाकर ड्राइवर से गाड़ी रुकवा दी।

आस-पास का रास्ता, माहौल, तरक्की- बीस साल में सब कुछ या काफी कुछ बदला होगा पर वो कोठी वैसी ही थी।

मैं आगे-आगे चल रही थी, बुआ के कदम पीछे लड़खड़ा रहे थे। ड्राइवर ने सामान उतार लिया था। मैंने मुख्य द्वार का दरवाज़ा खोला जिसमें ड्राइवर ने सहायता की। अंदर पहुँचते ही मैं मुखर हो गयी और बुआ मौन। ड्राइवर को खाने-पीने का कुछ सामान लेने भेज दिया।

अब अच्छी तरह तसल्ली कर लो बुआ!

मैं एक-एक कमरा, एक-एक जगह, एक-एक चीज़ ऊपर-नीचे, दांये-बांयें सब कुछ एक अच्छे प्रॉपर्टी डीलर की तरह दिखा रही थी।

बुआ बिना कुछ बोले एक बेड पर बैठ गयी। मैं अपने ही बेग में से फाइल निकाल कर (जो मैंने पैसों के साथ ही रख ली थी) ले आयी।

लो बुआ! अब कागज़ भी देख लो। प्रशांत से तो आप मिल ही लीं।

फ़ाइल खोलते ही पहले पन्ने पर प्रशांत के पिता का नाम था और फोटो लगी थी, बुआ एकदम बुत बन गयी। दर्द से शायद उसका कलेज़ा फट रहा था-----

तभी मैंने वो पूरी कहानी बोलना शुरू कर दी जो मैंने सुनी थी और जानी थी।

"आत्म-हत्या" सुनते ही बुआ कंपकपा गयी- ओह! ये तो बहुत बड़ा अनर्थ हो गया उसके साथ। उठ कर वहां से बाहर चल दी।

बुआ! रुको, अभी आगे का किस्सा भी सुनो।

यह प्रशांत के पिता हैं और वो प्रशांत आज तक उस औरत की प्रतीक्षा कर रहा है कि उस औरत को यह सब सम्हालवा दे जिसने उसके माँ-बाप उस से छीन लिए।

बस कर बस कर निक्की! इतनी दर्दनाक कहानी नहीं सुन पाऊँगी। तूने अच्छा फैसला लिया है, हम लोग पूरी सहायता करेंगे। तू जैसा चाहेगी, मैं भी उसकी मदद करूंगी।

कहते कहते बुआ नहीं चाहते हुए भी रो पड़ी।

पर, मेरे मन की तपिश तो मुझे ही पिघला रही थी। बुआ की मज़बूती और खामोशी मुझे सहन नहीं हो पा रही थी। आखिरकार मुझ से रहा नहीं गया।

बुआ! इन सब चीज़ों से बड़ा दुर्भाग्य यह है कि मैं उस औरत को जानती हूँ। फ़ाइल का आखिरी पन्ना पलट देख! वहां उसकी फोटो है और उसके साथ रखा लिफाफा भी देख जो प्रशांत के पहली बार मुझे घर दिखाते समय इसी कमरे से मिला था। उस आदमी के गलत पते से लौटे गए पत्र और फोटो हैं इसमें।

अब कहते कहते मैं रो पड़ी।

देख बुआ! देख वो औरत और कोई नहीं तू है! जिस पर मैं अपने आप से ज़्यादा, अपने माँ-बाप से ज़्यादा भरोसा करती हूँ।

क्यों किया तूने ऐसा? किसी हँसते-खेलते घर को उजाड़ने का पाप क्यों किया? बुआ! क्यों?

मैं तुझे इस सब से दूर रख रही थी, प्रशांत को भी मैंने जानने के बावजूद कुछ नहीं बताया। मैं सिर्फ तेरे पाप का प्रायश्चित करना

चाहती थी, तेरी औलाद मेरा भाई लगती है। एक बाप से ये तेरी ही औलाद कहलाएगी दूसरी माँ से।

दोनों का बाप एक है, यह सच मैं जानती हूँ बुआ!

प्रशांत मेरा भाई है, मैं उसके दर्द को बाँट कर, उसके आगे बढ़ने में सहायता करना चाहती थी।

बुआ मेरे पैरों पर गिर गई। फूट-फूट कर रो रही थी। निक्की! मैंने बहुत मज़बूरी में ये सब किया था, वो बहुत अच्छा आदमी था और मैं जानती थी वो मुझे बहुत प्यार कर रहा था, सच्चे मन से। पर मैं अपना स्वार्थ उसे नहीं बता सकती थी। तेरे फूफा जी मुझे संतान नहीं दे सकते थे। हाँ! मुझे यह नहीं मालूम था कि वो शादी-शुदा है या फिर उसके एक बच्चा भी है। घर तो मैंने अपने अपराध-बोध को कुछ कम करने के लिए उसे लेकर दिया था क्यों कि उसी की वजह से मेरा उजड़ता घर-संसार बचा था, बसा था। फूफा जी की माँ, उनका दूसरा ब्याह करा रही थी जबकि कमी उनमें थी मुझ में नहीं। मैंने सोचा था, आदमी है! थोड़े समय में भूल जाएगा मुझे और अपनी दुनिया बसा कर चैन से रह लेगा।

सपने में भी नहीं सोचा था, मेरे लिए वो दुनिया ही छोड़ देगा। सब-कुछ होते हुए भी आत्महत्या कर लेगा।

मुझे माफ़ कर दे निक्की! मुझे माफ़ कर दे।

तू जो कहेगी, जैसे कहेगी मैं वैसे करूँगी पर उस मृत आदमी के सच्ची प्यार के लिए मेरी दुनिया के लिए, प्रशांत के लिए।

अब ये कहानी यहीं खत्म कर दे।

मैंने उसकी माँ छीनी है, मैं माँ से बढ़ कर उसे प्यार दूंगी प्लीज़ निक्की! मैं स्वार्थी ज़रूर थी पर मैंने प्रशांत या उसकी माँ के साथ, जानबूझ कर कोई अन्याय नहीं किया, मेरा विश्वास कर और मुझे माफ़ कर दे।

तू अगर उस से प्यार करती है तो मैं तेरी शादी भी उसके साथ करा दूंगी। उसकी माँ या पिता से तेरा तो कोई सीधा रिश्ता नहीं है।

बस कर बुआ!

इतने स्वार्थ या नीचता का विचार मैं नहीं ला सकती अपने मन में। तू कुछ भी समझ या समझा। मेरे फूफा और प्रशांत के पिता में, मैं फ़र्क़ नहीं समझ सकती। वो मेरा भाई है और भाई ही रहेगा।

कह-सुन कर मेरा मन हल्का हो गया था, काम होने में अब कोई अड़चन नहीं थी।

ड्राइवर खाना ले आया था। खाना खा कर मैं सो गयी।

सुबह बुआ को साथ लेकर सारा कसौल घूमा, अपनी सहेली के घर जाकर उसके माँ-बाप से मिली, बुआ को मिलवाया।

मुझे देखते ही, उसकी मम्मी बुआ से कहने लगी- मुझे पता था वो बबलू इसे पागल बना देगा।

अगले दिन हमने फूफा और प्रशांत को बुलाने के लिए फोन कर दिया। मेरे घर में सब परेशान थे, बुआ-भतीजी पता नहीं क्या खिचड़ी पका रहीं हैं?

प्रशांत का कायाकल्प देखकर कसौल निवासी सारे ही आश्चर्यचकित थे। वाह! भाई वाह!! इतने बड़े लोगों का साथ मिल गया।

एकांत मिलते ही प्रशांत मेरे पास आया।

निक्की जी! दिल्ली की एक लड़की ने दुनिया उजाड़ी दूसरी वहीं से आ गयी मेरी ज़िन्दगी बनाने। मैं कैसे आपका क़र्ज़ चुकाऊंगा? सोच रहा हूँ, आपको ऐतराज़ न हो तो आप से शादी भी कर लूँ। ज़िन्दगी भर सेवा करूंगा और वफादार रहूंगा।

मैंने उसके दोनों हाथ पकड़ लिए। नहीं प्रशांत! पार्टनर तो हम वैसे भी बन ही गए हैं, जिन रिश्तों ने दर्द दिया वो बना कर क्या करेंगे? कोई सारी ज़िन्दगी खुश रहने का, साथ रहने का, वफादार रहने का, प्यार करने का, एक-दूसरे की इज़्ज़त करने का रिश्ता बनाएंगे। एक अच्छा और सच्चा दोस्त- प्यारा भाई। तुम्हारी बहन

बनूंगी मैं। तुमने जीवन में अभी बहन का प्यार देखा भी नहीं है। वो माँ-बाप सब की कमी पूरी कर देती है।

बनोगे न मेरे भाई?

वो रो पड़ा, मेरे पाँव छूने लगा, मैंने उठा कर उसे गले लगा लिया।

आगे की होटल की सारी कहानी, ज़िम्मेदारी, सम्हाल, व्यवस्था, लोगों का अपॉइंटमेंट, पब्लिसिटी, सब बुआ को करना था।

बुआ ने वचन निभाया, प्रशांत की सिर पर हाथ रखा, फूफा ने भी उसका हौसला बढ़ाया।

पांच-छह महीनों में ही सारी व्यवस्था होकर होटल शुरू हो गया। (सारी पैसों की माया थी)

मैं जब भी मिलती, मेरी सखी मेरी पारखी नज़र और प्रशांत की तारीफ करती नहीं थकती थी। बार-बार कहती- देख ये इतने दिनों से ये यहाँ था किसी ने इसे पहचाना ही नहीं और तुझे जिसे हम पागल समझते थे, तूने कोयले को हीरा बना दिया।

उसके मन की मैं खूब समझती थी पर वो मेरे बारे में सही नहीं जानती थी मैंने बुआ से ज़िक्र किया, बुआ! प्रशांत की शादी भी करा दो फिर हम फ्री हो जायेंगे, कल को मेरी भी शादी होगी, न जाने कैसा आदमी मिले? कहीं मुझे ही गलत समझ बैठे।

बुआ बोली- ठीक है, कोई अच्छी लड़की नज़र आने दो। मैंने कहा-बुआ! मेरी नज़र में है एक अच्छी, पहाड़न लड़की, पढ़ी-लिखी भी है।

कौन है बता! मिल लेते हैं।

मैंने बताया- बुआ! वो ही मेरी सहेली निर्मला, जिसके घर हम कसौल में गए थे। बहुत अच्छी लड़की है और फिर माँ-बाप भी बहुत अच्छे और सीधे-सादे हैं। दोनों की फिर से ओरिजिनल पहाड़ी लड़की-लड़के की जोड़ी बन जाएगी।

बुआ की समझ में बात आ गयी, निर्मला के माँ-बाप के आगे बात रखते ही वो खुश हो गए। निर्मला भी बहुत खुश थी।

मैंने कहा- तू! कैसी सहेली है? प्रशांत तुझे पसंद है, ये बात कभी कही क्यों नहीं?

वो बोली- माफ़ कर दे! मैं सोचती थी, तेरा चक्कर होगा उस से, मुझे क्या पता था तू इतनी अच्छी है कि मेरे बारे में भी इतना सोच सकती है।

प्रशांत को निर्मला से मिलवाया, उसके हाँ करते ही पहाड़ी रीति-रिवाज़ से शादी हो गयी।

स्वार्थवश एक घर टूटा था, निस्वार्थ होकर एक बसा दिया, प्रायश्चित पूरा हुआ।

दोनों बहुत खुश हैं, मैं जब भी जाती हूँ नदी किनारे बैठ कर उसका गाना सुनना नहीं भूलती।

अब पार्वती नदी की गर्जना भी प्यारी मुस्कान देती है।

अस्थि-कलश

पिताजी का देहांत हुआ तो मैं छोटा था, ग्यारह वर्ष का। मेरा पालन पोषण मेरे दादाजी ने ही किया था। पांचवीं कक्षा से लेकर आज डाक्टरी पढ़ने तक का हर पल, हर दिन, हर महीना, हर साल वो मुझमें मेरे पिता को दुलराते रहे, सम्हालते रहे, सिखाते रहे। मेरी दादी और माँ भी थीं बहुत ममतामयी, समझदार, कर्मठ तपस्विनी। मेरी ज़िन्दगी लेकिन दादाजी के इर्द-गिर्द ही रहती थी।

पुरानी सभ्यताओं की यह खूबी है कि उनकी परम्पराओं से चली आती संतानों को आत्मा नाम की एक अमूर्त शक्ति भी मिलती है और सदियों पुरानी सभ्यता मनुष्य के क्षुद्र विकारों का शमन करती रहती है। जीवन की क्षणभंगुरता का अहसास कराती है। सारी विषमताओं, कठिनाइयों को समतल करती रहती है।

पिचानवे वर्ष की उम्र में दादाजी गुज़र गए। समाचार मिलते ही मैं टैक्सी करके रवाना हो गया।

बड़ी हड़बड़ी थी पहुँचने की। पर रास्ते की लम्बाई तो मेरे हिसाब से कम नहीं होनी थी।

हफ्ते भर पहले ही कुर्सी से गिर गए थे, पैर की हड्डी टूट गयी थी पर ऑपरेशन सही हो गया था और प्लास्टर भी चढ़ा दिया गया था। मैंने उनके पास रुकने को कहा था पर बोले- नही- क्यों टाइम ख़राब करते हो? अब बस लेटकर आराम ही तो करना है।

पार्किंग से गाड़ी में बैठकर चला तो मन बहुत ही भारी हो रहा था कितना कष्ट और दुःख है दुनिया में? और सब इस से लड़ रहे हैं, लगातार एक लड़ाई- मृत्यु से लड़ाई।

दर्द तो दर्द है, तकलीफ और दर्द इंसानों में फ़र्क़ नहीं करते चाहे वो किसी को भी हो बच्चों को या फिर बड़ों को।

दूध का- खून का- आंसूओं का रंग किसी के लिए भी नहीं बदलता।

मैं दादाजी का वारिस था। उनकी सभ्यता का, उनके ज़माने का- उनके दर्शन का जिसके पास हर बात का समाधान होता था।

ज़मीन पर चादर में लिपटे दादाजी का नश्वर शरीर रखा हुआ था एक मासूम बच्चे की तरह उनके बालों और गर्दन के रेशमी रोयें उनसे आखिरी बार लिपट रहे थे। मैं डबडबायी आँखों से उनके क़दमों में सिर झुका कर गिर पड़ा, ऐसा लग रहा था अभी सिर पर हाथ फेर कर उठाएंगे, सीने से लगा कर प्यार करेंगे और फिर डांटेंगे- इतनी देर से क्यों आया है?

पर नहीं, अब ऐसा कुछ नहीं होना था।माँ-दादी स्त्रियां थीं इसलिए दूर खड़ी थीं, मुंह पर पल्ला ढक कर रो रहीं थीं। मैं उनसे मिला, दोनों ने बिना बोले मेरे सर पर हाथ फेरा बस।

इसके साथ शुरू हुआ ऐसा सिलसिला जिसके मेरे पिता, मेरे दादाजी दोनों विरोधी थे।

दाह-संस्कार से पहले तमाम लोग, तरह-तरह के रिवाज़-परम्पराएं, विभिन्न विचार और असंगत उदाहरण। हर शख्स मानता था कि सिर्फ वही सही है और अन्य सब गलत। इतने सारे मत-मतान्तर कि किसी भी निष्कर्ष पर पहुंचना असंभव था। सभी मेरे हितैषी थे और मैं उनके लिए नासमझ नए ज़माने का बच्चा।

बहरहाल! दाह-संस्कार हो गया।

अगले दिन फूल चुनने थे। अपने दादा के जो मेरे सर्वस्व थे पिता, गुरु, मित्र। अस्थियां चुनते हुए मैं कितना भावुक था कोई भी इस समय कितना भावुक होता होगा ये बताने की ज़रुरत नहीं किन्तु सर पर सवार पंडित और शमसान के कर्त्ता-धर्ता उन्हें शोक महसूस होने का अवसर नहीं देना चाहते।

कैसा विचित्र समय था? अपने मन की और परम्पराओं की जद्दो-ज़हद से खुद ही जूझते रहो।

कुछ ही देर में बोरे में भरकर समूची राख और हाथ में थैली भर अस्थियां लेकर एक अनजान आदमी सामने खड़ा था।

भैयाजी! शमशान के खर्चे का हिसाब कर दीजिये और अस्थियों को हरिद्वार के ब्रह्म-कुंड में प्रवाहित कर दीजियेगा। उस से पहले इस राख को अन्यत्र कहीं गंगाजी में ड़ाल दीजियेगा।

मैं अवाक सा सुन रहा था, देख रहा था- कैसे बोल रहा है? राख ड़ाल देना। अरे! ये सिर्फ लकड़ियां जलाकर इकट्ठी की हुई राख नहीं है ऐसे व्यक्ति के अंतिम अवशेष हैं ये जिनकी तीसरी पीढ़ी हूँ मैं। मेरे साथ उन्होंने जीवन जिया है, मेरे लिए अपनी साँसें ली हैं, मेरा अपना जीवन उनके योगदान का प्रतिफल है।

ये कह रहा है- उनकी अंतिम भौतिक निशानी मैं, यूँ ही कहीं ड़ाल दूँ, वो भी उस गंगा में जिसे उसने सारी ज़िन्दगी बेहद प्यार और सम्मान दिया है।

मुझे याद है कानपुर में जब वो छुट्टी के दिन मुझे गंगा स्नान के लिए ले जाते थे किसी को वहां साबुन लगाते देख लिया था कितना नाराज़ हुए थे, खूब भाषण दिया था उसे। मुझे भी यही सिखाया था कि ये जलधारा जो बह रही है- गंगा नाम की, ये सिर्फ नदी नहीं है, माँ है, जननी है ये जीवन दायिनी है हम हिन्दस्तानियों की। इसे कभी गन्दा मत करना।

सच तो यह था शव पर बांस झुलाने वाले व्यक्ति का क्या दोष? पंडित कहलाने वाले शख्स भी संस्कृत के सूक्त-श्लोक और दर्जनों ऋचाओं का शुद्ध उच्चारण तक नहीं जानते थे जो मेरे दादाजी ने मुझे सिखाये थे।

अजीब धर्म-संकट था। गंगा के लिए मना करूँ तो वहां खड़े तमाम अपने मुझे उलाहना देते और अज्ञानी समझ कर ज्ञान देते।

मैंने बीच का रास्ता अपनाया, गंगा में तो राख प्रवाहित करने पर रोक है। जवाब हाज़िर था- कोई बात नहीं, हरिद्वार के रास्ते में कहीं भी ड़ाल देना, तमाम जगह नदी पड़ती है।

"डालना" शब्द मेरे कानों में हथौड़े सा पड़ रहा था। खैर! राख के साथ अस्थियां मेरे हवाले थीं और मेरे दादाजी की नसीहतें भी।

अब मैं उन तमाम लोगों से अलग हो चुका था।

हरिद्वार के ब्रह्म-कुंड का हाल तो और भी अलग था। गंगा पर बना बैराज कुछ समय सफाई के लिए बंद किया जाता है। उस समय थोड़ा-थोड़ा पानी दरारों से आता है जो जमा पानी में मिलता रहता है।

साथ में जो दो लोग आये थे कहने लगे- यहीं अस्थियां प्रवाहित कर दो, सुबह से तमाम लोग यहीं कर रहे हैं। मैंने कहा- ठीक है आप चलो, मैं करता हूँ।

बेहद मंथर गति का जल और उथला पानी फिर तमाम लोग वहां नहा भी रहे थे, कुछ बातें कर रहे थे, कुछ हँस रहे थे तो कुछ ठंड से कंपकंपा रहे थे पानी में लोग प्रविष्ट होते, अस्थियाँ "ड़ाल" देते। अस्थियों से परिवर्तित होता हुआ रंग वाला जल उन सबके शरीर को धोता हुआ आगे निकल जाता।

मैं वहां किनारे ही खड़ा रह गया। जल के साथ जो हो रहा है सो तो ठीक है पर हम खुद गंगा और अपने जीवित शरीर के स्वास्थ्य के साथ क्या कर रहे हैं?

सवाल बिच्छू के डंक से चुभने लगे। मैं अस्थि-कलश लेकर बाहर आ गया।

अड़तालीस घंटों में जो देखा और समझा ये स्थितियां हम सब की ज़िन्दगी में आतीं हैं और हम अपना दिमाग बंद कर लेते हैं। धर्म-प्रकृति-मानवता सब भूल जाते है और याद रखते हैं सिर्फ रूढ़िवादी परम्पराएं।

दादाजी की बात याद आ गयी- गंगा पर प्रदूषण की चादर फ़ैल रही है इसीलिए धुप बेदम और हवा ज़हरीली हो रही है।

स्वर्ग-नरक तो कर्मों से मिलता है, अस्थियां गंगा में बहाने से नहीं। इसे तो प्रदूषण-गन्दगी से बचाओ। यह सिर्फ बहता पानी नहीं है जो खराब किया जाय। पानी के बुलबुले सा जीवन इतराने या दुखी होने के लिए नहीं मिला है यह तो जल में कमल की तरह इस संसार में रहते हुए साधना, पुरुषार्थ और परमार्थ की सीढ़ियां चढ़ते हुए मंज़िल पर पहुँचने के लिए है। शरीर तो साधन मात्र है इसका उसी अर्थ में उपयोग करो- उपभोग नहीं।

जिस दिन इस अनमोल जीवन का अर्थ समझ आएगा उसी दिन वो सारी खुशियों से भर जायेगा।

कर्मों के आधार पर सम्पूर्ण वैभवयुक्त महाराजा भी नर्क में जा सकता है और अभावों में जीने वाला नर या पशु भी स्वर्ग की प्राप्ति कर सकता है।

गंगा स्नान करो- माँ के पावन स्पर्श को पाने के लिए, उसकी शीतलता को धारण करने के लिए।परम्परा निर्वहन के नाम पर उसको प्रदूषित करने के लिए नहीं।

मैंने अस्थि-कलश बैग में रख लिया।

गंगा मैया की जय के साथ मुक्तिदायिनी माँ से दादाजी के लिए प्रार्थना के साथ गंगा स्नान किया।

पंडितों को उनकी भेंट-पूजा देकर उनके दफ्तरी रजिस्टर में अपना आना दर्ज़ करवा कर मैं वापस आ गया।

पहले चन्दन की लकड़ी का डिब्बा और फिर उस पर एक अच्छे चांदी के बॉक्स में अस्थियों के रूप में अपने दादाजी को अपने मंदिर में ही बिठा लिया क्योंकि अभी मेरा सफर लम्बा है और मुझे मार्गदर्शन चाहिए।

कहते हैं- जगन्नाथ के मंदिर में भी प्रभु की अस्थियां विराजमान हैं।

सत्य है या किवदंती ये तो पता नहीं पर हाँ! अपने भक्तों को ज़रूर जीवन देता है।

कुमुद

उस दिन बेबात में बात बढ़ गयी। पता नहीं क्यों मुझे लगता है तुम्हारा मेरा दुःख साँझा नहीं हो सकता। तुम बस सुख में ही मेरा साथ दे सकते हो।

क्यूँ? ऐसा क्यों कह रही हो?

क्योंकि मेरी दुनिया में मेरे अलावा सिर्फ तुम हो जिसको मुझे शेयर करना है-- तुम्हारी दुनिया बहुत बड़ी है, मैं बस उसका एक हिस्सा हूँ।

मैं खीझ उठा था पर फिर भी अपने को नियंत्रण में रखा।

ऐसे क्यूँ कह रही हो, घुमा फिर कर? साफ़ कहो न क्या बात है?

मेरी आवाज़ ऊंची है इसमें मेरा कोई दोष नहीं है और मेरा स्वभाव ही ऐसा है, मैं लम्बी उत्सुकता या आश्चर्य बर्दाश्त नहीं कर पाता।

ठीक है! सीधे सुनो- मैं माँ बनने वाली हूँ, सुबह डॉक्टर से मिल कर आयी हूँ।

मैं हत-प्रभ सा हो गया।

क्यों, खुश नहीं हो?

नहीं, नहीं! वो बात नहीं है पर----

पर क्या! उसे लग रहा था ये व्यक्ति बहुत ही भावना शून्य है। कौन ऐसा व्यक्ति होगा जो ऐसा समाचार सुनकर आनंद से आल्हादित न हो जाय?

मैं समझ गया, मेरी उत्साहहीनता कुमुद को अच्छी नहीं लग रही। अभी मम्मी को यह सूचना दे दो तो कल तक सारे रिश्तेदारों में लड्‌ बंट जाएंगे और सभी लोग कितने खुश हो जाएंगे।

पर, मैं शायद अभी इस ख़ुशी के लिए भी तैयार नहीं था।

मैंने कहा- तुम्हें याद है कुमुद! जब शादी तय हुई थी, मैं तैयार नहीं था क्योंकि विवाह के बाद तुम जिस घर में आयी वो तुम्हारे हिसाब से पूर्ण नहीं था, न अच्छा फर्नीचर, न बेड़-रूम में बेड़, न रसोई में पूरे से बर्तन और न ही पक्की नौकरी---और तो और कच्ची सी नौकरी की भी तनख्वाह अपने हाथ में रहने का कोई सवाल।

यदि ये सब व्यवस्थित होता तो विवाह के बाद आये दिन हमारे बीच होने वाले झगड़े नहीं होते। तुम्हें यहाँ आकर बहुत सी खुशियां मिलती, मैं तुम्हें घर की और आपसी किच-किच की जगह शांति और प्यार दे पाता।

ठीक यही बात अब है, मैं तुम्हारी दी हुई खबर से ऐसा नहीं है कि खुश नहीं हूँ, पिता बनने की ख़ुशी किसे नहीं होगी? पर मैं आर्थिक रूप से स्थिर और सुदृढ़ होने के बाद ही यह खबर सुनना चाहता था। जो तुम्हें नहीं मिला वो कम से कम हमारे बच्चे को तो मिले।

अभी हमारा विवाह हुए मात्र अठारह महीने हुए हैं, घर भी ठीक से नहीं बना, हम खुद ही पूरी तरह से सेटल्ड नहीं हैं।

कुमुद समझ नहीं पा रही थी- ये कैसा रिएक्शन है? मुझे बाहों में भर कर ख़ुशी से चिल्लायेंगे या घर भर में चक्कर लगाएंगे, ये तो मैने भी नहीं सोचा था पर---इतना रूखा व्यवहार और ख़ुशी के बजाय ऐसी बैचेनी की कल्पना भी तो उसने नहीं की थी। वो अवाक सी थी, समझ नहीं पा रही थी क्या करूँ?

भाई की शादी को पांच साल हो गए हैं, उन्होंने इस बारे में अभी तक नहीं सोचा। हमारे यहाँ पहले बच्चा आएगा, ये कुछ अच्छा नहीं लगेगा।

तुम्हारी भी नई-नई नौकरी है, ऐसी स्थिति में कुछ भी मैनेज नहीं हो पायेगा।

ये फ्लैट लिया है जैसे-तैसे। इसकी किश्तें ज़रूरी हैं।

सारा सामान लाना, बसाना सब ज़रूरी है।

घर में पैसा देना रोक नहीं सकता-----उन्हें भी पता है, हम दोनों लोग कमाते हैं।

मेरी राय में अभी सही वक़्त नहीं है। किसी को तुम्हारी तबियत की खबर मिले, उस से पहले तुम...

मैं सुन्न सी सब सुन रही थी, पर अब जैसे असह्य हो गया- चिल्ला पड़ी!

क्या तुम? क्या तुम??

उठ कर कमरे में चली गयी और दरवाज़ा बंद करके अंदर से चिटखनी चढ़ा ली।

हे भगवान्! कैसी अशुभ बात सोची है? इन से तो बात करना ही बेकार है। घंटों पड़ी-पड़ी रोती रही।

घर में "जीजी" ननद आयी हुई थी। शाम को उन्होंने दरवाज़ा खटखटाया, कितना सोओगी महारानी? आओ! चाय पी लें। दरवाज़ा खोलते ही मेरी लाल आँखें और उतरा हुआ मुंह देखते ही घबरा गयी।

क्या हुआ? क्या हुआ? अंकित तो घर में है नहीं, तो झगड़ा भी नहीं हुआ होगा तो फिर क्या बात है, क्यों परेशान हो?

मैंने कुछ नहीं कहा, चुपचाप उनके साथ बाहर आ गयी। मम्मी पूछने लगीं- क्या हुआ? फिर मेरी कोई साड़ी फाड़ लाई हो क्या?

मम्मी को अपने कपड़े, अपनी साड़ी सब बहुत सहेज कर रखने का शौक था। इतनी पुरानी-पुरानी साड़ियां एकदम नई सी रखी रहतीं थीं। ये पांच साल, ये दस साल पुरानी, ये फलाने की शादी में ली थी, ये मेरी शादी की है, ये मेरी सास ने दी थी, ये तुम्हारे पापा पहली बार लाये थे।

साड़ी क्या बल्कि उन्हें तो हर चीज़ साफ़-सुथरी और बहुत करीने से रखने का शौक था। इस पर बात करना भी उन्हें बहुत पसंद था-----नसीहत के हिसाब से भी और अपनी तारीफ सुनने, सुनाने के हिसाब से भी।

यह सही था कि मेरी लापरवाही या यूँ कहो कि मुझे ठीक से पहनना नहीं आता इसलिए उनकी कई साड़ियां मुझसे ख़राब हो गयीं थीं, फॉल पर से फट गयी थीं, सैंडलमें दब कर, पर आज ये ताना मुझे अच्छा नहीं लग रहा था।

उनके बेटे को तो किसी दिल तोड़ने या मन खराब न हो, यह सोच कर बोलने तक की भी तमीज नहीं थी।

मैंने कहा- कुछ नहीं, ठीक हूँ। सिर में दर्द हो रहा था। पर, तुम्हारा चेहरा तो कुछ और ही कह रहा है, रोई हो क्या? क्या बात है? तबियत ठीक नहीं है तो डॉक्टर को दिखा लो।

फिर मेरा दिमाग घूम गया, डॉक्टर की रिपोर्ट से ही तो यह सारी स्थिति आयी थी, मैं उठ कर कमरे में चली गयी। बिना बत्ती जलाये, अँधेरे में ही पडी रही।

अंकित की आवाज़ से आँखें खोली, उसने कमरे में आकर बत्ती जलाई थी।

क्या हो गया? मम्मी कह रहीं हैं, तुम्हारी तबियत खराब है- तुम बताओ क्या हुआ? मम्मी को खबर दी कि नहीं?

देखो तो, तुम्हारे लिए क्या लाया हूँ?

सुबह की बात से मन ख़राब था सो बिना देखे ही कह दिया- रख दो, बाद में देख लूंगी और हाँ! मम्मी को मैंने कुछ नहीं कहा है। मेरी तबियत भी ठीक है, कुछ नहीं हुआ मुझ को।

वो हँस दिया- अभी तक नाराज़ हो? अरे! तुम ही तो कहती हो, अच्छा-बुरा जो भी मन में आये एक-दूसरे से कुछ भी नहीं छिपाना चाहिए। जो बात मन में हो एकदम साफ़ कह देनी चाहिए। बस, मैंने भी वही किया लेकिन इसका यह मतलब तो नहीं कि मैं तुम्हारी इच्छा और ख़ुशी में शामिल नहीं हूँ। दोनों मिल कर हल निकालेंगे इसका।

मैं एकदम बैठी हो गयी----इसका मतलब है मैं अपना बच्चा------?????

अरे हाँ! हमारा बच्चा आने वाला है। चलो माँ को खबर दे दो। यह मिठाई और नाश्ता भी लाया हूँ, खबर के साथ माँ को अपने हाथ से दो, उन्हें अच्छा लगेगा।

सचमुच खबर सुनते ही मम्मी-पापा बहुत खुश हो गए।

मम्मी ने एकदम उठ कर ख़ुशी से मुझे गले लगा लिया। कुमुद इतनी अच्छी खबर तुमने सुनायी है कि क्या कहूँ? कब से तरस रही थी यह सुनने के लिए कि मैं दादी बनूंगी।

आजकल सब बच्चे मनमानी करते हैं, अनिल ने पांच साल निकाल दिए।

मैंने तो कहना, सोचना ही छोड़ दिया था। चलो ईश्वर ने मेरी प्रार्थना सुनी और तुम लोगों को सद्बुद्धि दी।

अब कुमुद! तुम्हारी देख-रेख की ज़िम्मेदारी मेरी है। बताओ, डॉक्टर ने क्या कहा? कब की तारीख़ दी है? अभी कितना समय हो गया, दवाइयां, क्या क्या लिखीं हैं?

मैं थी कि ख़ुशी और शर्म से सिर ही नहीं उठा पा रही थी। संयोग से उसी समय अंजली भाभी और अनिल भैया आ गए, वो भी बहुत खुश हुए। हालाँकि, ख़ुशी के मौके पर भी मम्मी, भैया-भाभी को उलाहना देना नहीं भूली।

अंकित के मन बहुत कुछ गड्डमगड्ड हो रहा था। कुछ विचार, कुछ दृश्य, कुछ घटनाएं। कुछ विवाह के पहले और कुछ विवाह

के बाद की, बहुत सारी बातें इक्कठी होकर मस्तिष्क को क्षुब्ध कर रहीं थीं।

कुछ ऐसी आदतें थीं जिन्हें अंकित सफाई, अनुशासन और अच्छी आदतों के नाम पर सहन नहीं कर सकता था पर एक बार मिलते ही कुमुद उसे अच्छी लगी थी।उसका रूप, उसकी मानसिकता, जागरूकता सब ने आकर्षित किया था अंकित के मन को। मन ने भी यही सोचा था पूर्ण तो कोई भी नहीं होता, कोई न कोई कमी तो सब में होती है।

अंकित जानता था कि सारे तर्क-वितर्क उसके मन के हैं। दिल सिर्फ दिमाग को समझा रहा है पर फिर भी वो पीछे हटना नहीं चाह रहा था। घर की एकलौती लड़की, लाड-प्यार ज़रूरत से ज्यादा मिला। किसी मनमानी पर कोई रोकने-टोकने वाला नहीं था इसलिए मुझे देखते ही जो उसने शादी के लिए हाँ की तो उसके माता-पिता ने बिना किसी शर्त तुरंत रिश्ता कर दिया। पर, ज़िंदगी सिर्फ रंग-रूप-सरूप-आकर्षण से तो नहीं चलती। कुमुद का लापरवाह स्वभाव, कोई काम न आना और काम न करने के बहाने, बात-बात पर रूठ जाना, कुछ भी बोलते ही भड़ाक से जवाब दे देना और फिर खुद ही नाराज़ होकर मुंह फुला लेना बड़ा अजीबोगरीब व्यवहार था। साफ़-सफाई से तो जैसे उसका दूर-दूर तक कोई रिश्ता ही नहीं था। सोफे पर बैठकर मूंगफली खाकर छिलके वहीँ फैला देना, फैले छिलके वहीँ छोड़ देना, किचन में ही खड़े होकर खाना शुरू कर देना, बाहर से आकर सीधे गंदे पैरों बिस्तर पर चढ़ जाना, ज़ोर-ज़ोर से बोलना, चिल्लाना, कुछ भी नुक्सान होने पर उसे बुरा नहीं लगना, क्या हुआ? और आ जाएगा, और ले आएंगे, और हो जाएगा, छोटे को बड़े को जिसको चाहे, जो चाहे कह देना।

असल में मुझे अब समझ आ रहा था- स्पष्ट वादिता और बिंदास स्वभाव का दूसरा नाम- मुंहफट और बद्तमीज़ होता है।

एक हमारा घर था- सब इशारों में ही बात कर और समझ लेते थे। मम्मी-पापा को बुरा न लग जाए इसलिए हम दोनों भाई कभी

जोर से मुंह खोलकर बोले भी नहीं। जो आप कहें, जैसे आप कहें के फॉर्मूले पर ही चलते रहे।

अंजली भाभी को भी घर में आये पांच साल हो गए पर कभी उन्हें भी ऊंची आवाज़ में बोलते बतलाते नहीं सीखा-सुना और हर बात का इतना सलीका तो कोई उनसे सीखे।

एक दिन यही बात निकल गयी थी मुंह से, कुमुद ने रो-रोकर सारा घर सर पर उठा लिया।

अंजली भाभी पसंद थी तो मुझ से शादी ही क्यों की? मेरे माँ-बाप ने तो मेरे व्यवहार-स्वभाव के बारे में तुमसे कुछ नहीं छिपाया था, तुमने उस समय क्यों नहीं बतलाया कि हमारे घर में हंसने-बोलने कि मनाही है। आराम से सोना-बैठना पाप है, कहीं बाहर जाने में खर्च होता है। घर का काम खुद करना है, हम नौकर नहीं रखते आदि आदि।

अब ये प्रेग्नेंसी!

इतनी नाजुक मिज़ाज़ लड़की। कैसे क्या करेगी? कैसे सह पाएगी सब-कुछ? मैं ये ही सब सोचे चला जा रहा था।

अपनी माँ का उसको उत्साहित करके, अंजली भाभी को उलाहना देना भी मुझे अच्छा नहीं लग रहा था।

मुझे ध्यान है- घर की परिस्थिति के हिसाब से भाभी ने साल भर बाद नौकरी की बात की थी, भैया बहुत खुश भी थे, आखिर अंजली भाभी एम् ए इकोनॉमिक्स में गोल्ड मेडलिस्ट थी पर मम्मी-पापा ने मना कर दिया।

देखो भाई! जो भी रूखी-सूखी होगी, मिल बाँट कर खा लेंगे, घर की बहु के नौकरी करने से सारे में हमारी बदनामी होगी सो हम नहीं सह सकते और ये सब किस्सा जैसे शुरू हुआ था वैसे ही खत्म भी हो गया।

कुमुद ने शादी के तीन महीने बाद ही ऐलान कर दिया- वो ऐसे नहीं रह सकती, नौकरी करेगी और ढंग से रहेगी। घर के काम के

लिए नौकर रख लो। मुझे तो सुबह आठ बजे से पहले उठने की आदत नहीं है और पहली चाय भी मैं बिस्तर में ही लेती हूँ।

मम्मी ने कहा-- शादी के बाद सबको अपनी आदतें बदलनी पड़ती हैं, तुम भी जितना जल्दी हो, बदल लो! कोई नौकर नहीं रहेगा।

दो-दो बहुएं हो, मिलकर काम बाँट लो और कर लो।

वो एकदम बिदक गयी थी।

ये उम्मीद मुझसे मत रखिये प्लीज़!

मैंने अपनी माँ के घर एक रुमाल भी नहीं धोया, एक बर्तन नहीं मांजा, न कभी खाना ही बनाया, ये सब मुझ से नहीं होगा। आपकी यदि यह ज़िद है तो मैं और अंकित अलग कहीं रह लेंगे, वहां अपने हिसाब से नौकर रख लेंगे।

मम्मी अवाक सी रह गयीं थीं, आज तक किसी देवरानी ने भी ऐसा मुंहफट जवाब नहीं दिया था।

आँख में आंसू भरकर वहां से चली गयीं थीं।

मैंने सिर्फ इतना कहा था- कुमुद! तमीज से बात करो। अपने बड़ों से ऐसे बात करते हैं क्या? इतने पर तो उसने बवाल कर दिया था------अपने घर में बोल भी नहीं सकते क्या? क्या गलत कहा मैंने?

मम्मी का घर है वो अपने हिसाब से रहतीं हैं, मेरा भी घर है, मैं अपने हिसाब से रहूंगी। कहा-सुनी होते करते इतनी बात बढ़ा दी कि पर्स उठाया, चप्पल पहनी, टैक्सी की और अपने पापा के यहाँ चल दी। तीन दिन तक फोन तक भी नहीं किया जिसका उलाहना भी उसकी मम्मी ने मुझे ही दिया।

इन सबका नतीजा यह निकला कि पापा-मम्मी ने सारे जोड़-तोड़ बिठा कर मुझे यह फ्लैट दिला दिया जिसकी ई एम् आई की जिम्मेदारी मेरी थी। इतने से भी बात नहीं बनी और कुमुद ने नौकरी की ज़िद पकड़ ली। नौकरी अभी पुरानी सी भी नहीं हुई थी कि ये नई परिस्थिति- प्रेग्नन्सी की।

मेरी समझ में नहीं आ रहा था- मुझे तो दिखावा करने की मज़बूरी है पर सब लोग कैसे सब भूल गए? क्या दादी बनने की ख़ुशी मम्मी के लिए कुमुद की हर बदतमीज़ी से ऊंची है?

आज भी बात बिगड़ ही गयी थी, वो तो भाभी ने फोन करके बचा लिया वर्ना मिठाई वगैरह लाने का मेरा मन नहीं रह गया था।

कमरे में जाते ही वो ख़ुशी से मुझ से लिपट गयी- तुम कितने अच्छे हो! मैं तुम्हारी बात को समझ नहीं पायी, इसलिए मन को इतना क्लेश हुआ, पर तुमने मिठाई लाकर सारा मूड ठीक कर दिया। मम्मी भी कितनी खुश हो गयीं।

चलो अंजली भाभी और अनिल भैया से किसी काम में तो हम आगे निकले।

मेरा मन बुझ सा गया पर ऊपर से मुस्कुराता हुआ मैं उसे सहलाता रहा और उसकी ऊल-जुलूल बातें सुनता रहा।

मुझे सब काम शुरू से ही योजनाबद्ध और करीने से करना पसंद था। पढाई पूरी करनी है, फिर नौकरी, शादी, घर का सामन, आर्थिक स्थिति दृढ करना और फिर संतान आदि आदि।

कुमुद इसे प्रकृति का काम मानती थी, जिसे जब आना है, आएगा।

अंकित उसे एक बार में पसंद आ गया था पर उसकी ज़िन्दगी रूमानी थी, परि-कल्पनाओं की तरह। मस्ती, सहजता, बे-रोकटोक सुख साधन और बस प्यार ही प्यार।

अंकित से पहली बार झगड़ा होते ही वो घबरा गयी थी उसे लगता था ज्यादा महत्वाकांक्षी लोग निर्मोही होते हैं। ज़िन्दगी हलकी-फुलकी आराम से जीनी चाहिए। उसे लगता था घर में छोटा बच्चा रहेगा तो वो तो पूरा उसका रहेगा। उस पर आश्रित होगा और अंकित भी उसको प्यार करेगा।

सोचते दोनों एक ही बात थे, दोनों चाहते थे एक-दूसरे को लेकिन अलग-अलग ढंग से।

कुमुद की तबियत खराब रहने लगी। शुरू शुरू में तो वो उसको, उसकी आदत ही समझता, किसी बात में कुछ नहीं सुनना, कभी सीधा जवाब नहीं देना। पापा-मम्मी, दीदी, भाभी सब उसका ख्याल रखते। घर की स्थिति कुछ भी हो सब की कोशिश यही रहती, कुमुद को पौष्टिक खाना मिले। दूध-फल-दवाई हर चीज़ का ध्यान रखा जाता। अंकित भी किसी चीज़ के खर्चे से पीछे नहीं हटता था। सब समझते थे कि पैसा इसीलिए होता है कि मुसीबत में आराम दे।

पांचवां महीना पूरा होते-होते उसके पैरों में सूजन में आ गयी, सांस फूलने लगी, खड़ी नहीं हो पाती थी, ब्लड प्रेशर बढ़ गया। सब खूब कहते- नौकरी छोड़ने को पर उसका ईगो आड़े आता था। बात-बात में रोना करती रहती थी। आखिर नौकरी छोड़नी ही पडी। उसे खूब समझाया, तबियत ठीक हो जाये तो दुबारा कर लेना। आठवां महीना पूरा होने पहले चेक-अप कराने गए, डॉक्टर ने सब देख कर, कुमुद को बाहर बिठवा कर मुझे अंदर बुलवाया।

डॉक्टर ने बताया- आपकी वाइफ को नार्मल इनिशियल तकलीफें हैं पर वो एनेमिक है, हीमोग्लोबीन बहुत कम है इसलिए अब हर हफ्ते चेक अप करके इंजेक्शन लगाने पड़ेंगे बाकी कुछ दवाइयां लिखीं जिनमें मैं कुछ समझता नहीं।

माँ का अच्छा और ठीक होना ज़रूरी है नहीं तो कमज़ोर हालत में, प्रसव-पीड़ा कैसे सहेगी? जान भी जा सकती है, बच्चा अविकसित पैदा हो सकता है। कुमुद बहुत कमज़ोर है नार्मल डिलीवरी नहीं हो पाएगी, थोड़ा कॉम्प्लिकेटेड केस है, मेरा मतलब है- ऑपरेशन की भी संभावना है। मैंने आपको बता दिया-- आप चाहें तो अपनी वाइफ को और अपने घर वालों को बता सकते हैं।

कुमुद पढ़ी-लिखी लड़की थी उस से कुछ छिपाया नहीं जा सकता था।गर्भावस्था और प्रसव से जुड़ी खूब किताबें पढ़ती थी।

हाई-ब्लड प्रेशर और सूजन से परेशान होकर, आकर लौट गयी, डॉक्टर ने भी उसको कम्प्लीट बेड-रेस्ट लिखा था।

जैसे जैसे डिलीवरी का टाइम नज़दीक आता जा रहा था कुमुद अपने आने वाले बच्चे को लेकर बहुत पॉज़िटिव हो गयी थी।

हालाँकि, सीज़ेरियन डिलीवरी को लेकर मेरी नींद उड़ गयी थी। कुमुद नहीं झेल पायी तो? कुमुद को कुछ हो गया तो? बच्चे को लेकर इसके अभी से ही इतने सपने हैं फिर सारे घर वालों के इतने सपने हैं, उसको कुछ हो गया तो? पर जब भी बात होती वो उलटे मुझे ही समझा देती- परेशान मत हो, सब ठीक हो जाएगा। मैं घबराहट और ड़र के कारण रोज़ मंदिर जाने लगा।

आखिर वो दिन आ ही गया। उसके धीरे-धीरे दर्द होने लगा। वो बोली- ज़रूरत के सामान का बैग मैंने तैयार कर रखा है, अब हॉस्पिटल चलना होगा।

मैंने कहा- मम्मी-भाभी किसी को फोन कर दूँ? उसने मना कर दिया और हम अकेले ही हॉस्पिटल पहुंचे।

डॉक्टर ने कुमुद को देखते ही व्हील चेयर पर बिठा दिया और कुछ देर में स्ट्रेचर पर लिटा कर लेबर-रूम में ले गए। मैंने उस से बात करने की कोशिश की तो उसने कह दिया- आराम से घर जाओ, सुबह से पहले कुछ नहीं होगा। ये ड्रिप चढ़ाएंगे और इंजेक्शन देंगे। घर फोन करने को उसने मना कर दिया था। मैं उसे छोड़ कर जा नहीं सका और बाहर अस्पताल के बरामदे में ही बेंच पर सो गया।

सुबह छह बजे सिस्टर ने जगाया।

मैंने पुछा कुमुद कैसी है?

उसने वार्ड की तरफ इशारा किया, मैं वहां पहुंचा देखा- सामने कुमुद मरियल सी पड़ी थी जैसे शरीर का सारा खून किसी ने निचोड़ लिया हो, मै घबरा गया-----

कैसी हो? मैंने पुछा। वो मुस्कुराई। बोली- परी आयी है। नरसरी में है, सुबह साढ़े चार बजे। डिलीवरी भी नार्मल हुई है। मैं बहुत खुश हुआ, आगे बढ़ कर उसका माथा चूमा- बधाई हो! तुम मम्मी बन गयी और मैं पापा।

अंकित सुनो! घर पर फोन मत करना, लड़की हुई है, तुम्हारी मम्मी को अच्छा नहीं लगेगा, वो तो पोते की दादी बनना चाहती थी।

कैसी बातें कर रही हो? अरे! वो दादी बनी है। पोता-पोती तो भगवान् ने जो भेजा वही आएगा।

नहीं-नहीं-नहीं- कोई ज़रूरत नहीं है उन्हें फोन करने की।

अभी आएँगी तो अभी से उनका ज्ञान शुरू हो जाएगा। यह करो-यह मत करो।

ऐसे मत करो-वैसे मत करो। ऐसे रहना चाहिए-वैसे रहना चाहिए। मैं बहुत थक गयी हूँ थोड़ा आराम करना चाहती हूँ। तुम बेबी से नरसरी में मिल सकते हो।

मैं हैरान रह गया। इतनी बेरुखी, इतनी उदासी? कल तक तो मम्मी-भाभी सब लोग सारा ध्यान रख ही रहे थे। बेटा-बेटी की बात तो कभी मम्मी ने कही भी नहीं। कहीं ये इसी के मन का ख्याल तो नहीं है? इतनी बड़ी ख़ुशी----अभी मौत के मुंह से वापस आयी है और खुश होने के बजाय इतनी बेरुखी? ठीक से बात भी नहीं की और ऊपर से ये इंस्ट्रक्शन कि फोन भी न करूँ। नरसरी की तरफ जाने को ही था की नर्स मेरी परी को लेकर आगयी। कुमुद के इशारे से, उसने मेरी गोद में बच्ची सौंप दी। सफ़ेद कपड़े में लिपटी वो पूरी लाल-मांस का टुकड़ा सी परी नन्ही आँखों को खुल-बंद, खुल-बंद कर रही थी। कुमुद जैसी ही सुंदर नाक और होंठ, मैंने उसे सीने से लगा लिया और आँख बंद कर ली। सच में सपना सी मेरी बच्ची मेरे पास थी।

तभी दौड़ती-भागती सी मम्मी और भाभी वहां दाखिल हुई। शायद उन्होंने हॉस्पिटल फोन करके मालूम कर लिया था। सभी ज़रुरत की चीज़ें, खाने-पीने का सामान कुमुद के हिसाब से, मिठाई के दो डिब्बे साथ में। ख़ुशी उनके चेहरों से टपक रही थी।

परी को हाथ में लेते ही झट से उसकी और कुमुद की नज़र उतार कर नर्स को सौ रुपये दे दिए मम्मी ने। मिठाई का डिब्बा देकर बोलीं- सब का मुंह मीठा करवा दो। बहु ने मेरा प्रमोशन कर

दिया है। कुमुद के सर पर हाथ फेरा पर कुमुद करवट बदल कर लेट गयी जैसे नींद आ रही हो। दो दिन, रात-दिन मम्मी हॉस्पिटल में ही रहीं, कुमुद की सम्हाल के लिए पर छुट्टी का दिन आते हो उसने घर जाने से मना कर दिया- मैं अपने फ्लैट पर ही जाउंगी। मैं ठीक हूँ, परी को मैं सम्हाल लूंगी।

मम्मी ने कहा-कैसी बात कर रही हो? तुम खुद कितनी कमज़ोर हो? तुम्हें खुद सम्हाल की ज़रुरत है। डिलीवरी औरत का नया जन्म होता है। मम्मी ने बहुत समझाया, भाभी ने भी बहुत कहा पर कुमुद नहीं मानी। घर पर पापा-भैया ने स्वागत की तैयारी कर रखी थी उनको फोन करके बताया तो वो भी हैरान रह गए।

खैर! हम फ्लैट पर ही गए, कई दिन से बंद था, भाभी ने जाते ही सारी सफाई की। पापा-भैया भी आ गए, दीदी भी पहुँच गयीं, सब ने परी का स्वागत किया खुश होकर।

मम्मी ने कहा- अब मैं थोड़े दिन यहीं रहूंगी, कुमुद के पास।

कुमुद ने तुरंत खड़े होकर मना कर दिया- कोई ज़रूरत नहीं है मम्मी! होगी तो मैं अपनी मम्मी को बुलवा लूंगी और घर के काम के लिए कोई नौकर रख लेंगे।

मुझ से चुप नहीं रहा गया- क्या बोल रही हो कुमुद! हमारे घर का बच्चा है, तुम अपनी मम्मी को क्यों तकलीफ दोगी? हम दोनों भी ज़्यादा नहीं समझते हैं, यहाँ मम्मी या भाभी को ही रहने दो।

कुमुद के सख्त तेवर देखकर सब शांत हो गए। मुझे समझा दिया- उसकी हालत नाज़ुक है, ज्यादा बहस या गुस्सा मत करना, कुछ ना समझ आये तो फोन पर पूछ लेना। सब चले गए पर मैं मम्मी का उदास चेहरा नहीं भुला पा रहा था। कुमुद की मम्मी आईं पर रुकी नहीं क्योंकि घर पर पापा अकेले हैं। एक आया का इंतज़ाम किया था वो ही कुमुद और परी का नहाना-धोना, मालिश और छोटे-मोटे काम कर देती थी। मेरा खाना और कुमुद के लिए जो ज़रूरी हो, मम्मी बना कर भेजतीं। भाभी देने आतीं, कुमुद को समझाती पर इसे कुछ समझ नहीं आता।

बच्ची, धीरे-धीरे बड़ी होती जा रही थे पर कुमुद का दिल और व्यवहार दोनों ही छोटे होते जा रहे थे उसे लगता था उसे और उसकी बच्ची से कोई प्यार नहीं करता। मम्मी और भाभी, दुनियादारी के हिसाब से व्यवहार करती हैं, सबको दिखने-जताने के लिए कि उन्हें कितनी चिंता है, बेटे-बहू और पोती की।

पाप और भैया तो परी को दूर-दूर से ही देखते। कुमुद इंफेक्शन से बचाव का बहाना करके मना कर देती।

मैं इसी घर में पला-बढ़ा, सबके मन और व्यवहार की किताब मेरे दिल और आँखों के सामने रहतीं, कुमुद के व्यवहार से मन रोता लेकिन मम्मी बोलने नहीं देती---बेटा! वो अभी नासमझ है और कमज़ोर भी।

पर एक दिन तो उसने हद ही कर दी- मेरे पीछे से बिना कुछ बताये अपनी मम्मी के यहाँ चली गयी। मैं लौटा तो घर ख़ाली देख कर हैरान हो गया, मैंने सोचा- मम्मी भाभी ले गयीं होंगी। वहां पहुंचा तो सुन कर मम्मी भी परेशान हो गयी------शायद अपने मायके चली गयी हो?

मुझे बहुत बुरा लगा, मम्मी के साथ ऐसे व्यवहार का क्या मतलब? मैं घर वापस आ गया।

दूसरे दिन वो आ गयी। व्यवहार में गलत का कोई गिल्ट नहीं था उलटे चिल्लाने लगी- घर में बैठे हो! मुझे लेने नहीं आ सकते थे? मैं बच्ची को लेकर पहली बार अकेले गयी और आई। मेरे मम्मी-पापा को कितना बुरा लगा?

कुमुद! तुम्हारा दिमाग तो ठीक है? अपनी गलती मुझ पर थोप रही हो, एक तो बिना बताये चली गयी फिर मुझे क्या सपना आ रहा था तुम अपनी मम्मी के यहाँ गयी हो? किसी को बताया था तुमने या फिर पूछा था मम्मी से जाने के लिए? यह नन्ही सी जान, इसके बारे में सोचा? बहस चल रही थी, गलती से उसी समय भाभी आ गयीं, मेरे लिए खाना लेकर। बस अब क्या था? उसे तो मौका मिल गया।

मेरी ज़रुरत ही कहाँ है? ये है न, घर के लिए और तुम्हारे लिए। बस मैं और मेरी बच्ची, गैर-ज़रूरी हैं। मैं चुप रहो! चुप रहो!! कहता रहा पर उसका अनर्गल प्रलाप बढ़ता रहा। मैं भाभी का ऐसा अपमान सह नहीं पा रहा था लेकिन उसने हद पार कर दी----इनको भी एक बच्चा दे दो ताकि इनका यहाँ आना बंद हो और मेरी बेटी को नज़र न लगे।

बर्दाश्त की सीमा टूट गयी और मैंने खींच कर एक थप्पड़ मारा-----घर, रिश्ता, मर्यादा, व्यवहार किसी एक का भी अर्थ जानती हो या नहीं? यही सिखाया है माँ-बाप ने? उन्हीं के पास रहो, ऐसी सीख के साथ। मेरे पास पैसा नहीं है उनकी तरह लेकिन मैं अपना और अपने घर का स्वाभिमान गिरवी नहीं रख सकता, चली जाओ यहाँ से।

और वो सचमुच उठ कर चल दी।

भाभी रोतीं रहीं- ऐसा मत करो भैया! मेरे कारण। कुमुद नासमझ है, छोटी है, धीरे-धीरे समझेगी, पर मैं उसे रोकने लिए उठ नहीं सका।

अगले दिन मम्मी-पापा गए उसके मायके, भैया-भाभी भी गए-- खूब माफ़ी मांगी उससे, पर वो अड़ी रही। अंकित ने मेरी बेइज़्ज़ती की है वो ही आएंगे तभी आऊंगी।

मरता क्या न करता? मम्मी की बात माननी ही थी, मैं उसको लेने गया और वो आ गयी। मम्मी ने चौबीस घंटे के हिसाब से एक नौकरानी भिजवा दी। भाभी ने आना बंद कर दिया।

मेरी नन्ही छह महीने की हो गयी। मैं सब भुलाकर, आगे बढ़ने की, जीने की कोशिश करने लगा पर- दुर्भाग्यवश कुमुद फिर गर्भवती हो गयी और नौ महीने बाद मैं एक बेटे का बाप बन गया पर कुमुद का व्यवहार सुधरने की बजाय बिगड़ता गया।

मम्मी-पापा, भैया-भाभी के पास असीम धीरज था वो पत्थर के बन गए पर मैं नहीं बन पाया, अलग हो नहीं सकता था साथ रहता तो खुद जानवर बन जाता।

माँ-बाप के प्यार के बेड़ियाँ बार-बार याद दिला देती कि मैं दो बच्चों का पिता हूँ। धीरे-धीरे मैंने अपना रास्ता बना लिया प्रमोशन लेकर बाहर- विदेश चला गया।

घर की बहुत याद आती, कुमुद के साथ के प्यार भरे क्षण बहुत याद आते, नन्हे बच्चों की शक्लें आँखों में घूमती रहतीं पर मैंने मन पक्का कर लिया। पैसा कमाना और कमाने के लिए जीना बस यही उद्देश्य रह गया।

पिछले महीने भैया से बात हुई तो पता चला पापा की तबियत कुछ ठीक नहीं है अपने बच्चे से (मुझ से) दूरी की सजा उनसे सही नहीं जा रही थी और फिर मैंने मन बना लिया वापस आने का। उस दर्द को समझ तो मैं भी रहा था, तीन साल से खुद भी सजा ही काट रहा था। पर आज कुछ ऐसा लग रहा था किसी और ही दुनिया में आ गया। सपनों की दुनिया, कल्पनाओं की दुनिया!

जल्दी से जल्दी इस चमत्कार का परिचय पाना चाह रहा था।

तीन साल बाद अपने ही घर लौटा था। दरवाज़े की कॉल-बेल पर किसी नौकर या नौकरानी की उम्मीद थी मैंने टैक्सी से सामान भी नहीं उतारा था, जो दरवाज़ा खोलेगा वही सामान निकाल लेगा और इस टैक्सी वाले को पानी भी पिला देगा।

सामने कुमुद को देख कर मेरी आँखें फटी की फटी रह गयी। बड़ी कुशलता से पहनी हुई साड़ी, माथे पर बिंदी, मांग में सिन्दर, हाथों में भरी-भरी चूड़ियां- गले में मंगलसूत्र, कान में बुँदे नाक में छोटा सा कांटा, चेहरे पर मुस्कुराहट। ऐसे तो कभी शादी की रात के अलावा देखा ही नहीं था।

तुम कुमुद ही हो न?

हाँ हाँ! मैं कुमुद ही हूँ और यह तुम्हारा ही घर है।

उसने अंदर किसी को आवाज़ दी। एक चौदह-पंद्रह वर्ष का लड़का आ गया। बाहर जाकर टैक्सी से सामान ले आओ और हाँ

यह टेबल पर से पानी का जग और गिलास भी लेते जाओ, टैक्सी वाले को पानी भी पिलाते आना।

मैं हैरान हो गया, आश्चर्य और ख़ुशी से आगे बढ़ कर कुमुद को मैंने गले से लगा लिया।

अंदर कदम रखा तो और भी आश्चर्य! हर चीज़ इतने करीने से साफ़-सुथरी अपनी जगह पर थी। मैंने पूछा- बच्चे कहाँ हैं और तुम काम पर नहीं गईं? मैंने तो सरप्राइज के चक्कर में तुमको फोन नहीं किया था सोचा था तुम्हारा वेलकम मैं करूंगा।

वो हंस पड़ी। सब यहीं दरवाज़े पर ही पूछोगे?

अंदर आ जाओ पहले! बच्चे मम्मी-पापा के कमरे में हैं, वहीं उनकी धमा-चौकड़ी सही रहती है। तुमने तो फोन नहीं किया पर टेलीपेथी भी कोई चीज़ होती है फिर आज भैया भी घर में ही हैं।

अरे वाह!

कुमुद घर में कुछ करवाया है क्या?

कुछ बदला-बदला सा लग रहा है। हाँ! हाँ!! बहुत कुछ करवाया है, अंदर तो आओ। मम्मी-पापा के कमरे की तरफ मुड़ने लगा तो बोली- उधर नहीं, इधर सामने। अंदर घुसते ही पापा अरे वाह, अरे वाह कहते खड़े हो गए, मैंने झुक कर पाँव छुए। मम्मी तो पाँव तक पहुँचने से पहले ही गले से लगा कर रो पड़ी। तीन बच्चे देख कर मैं चौंक गया- ये सरप्राइज क्या है भाई? ये कहाँ से? ये तो किसी ने ज़िक्र नहीं किया? लड़की-लड़का क्या है?

लड़का है भाई! जूनियर अनिल कुमार। हैरत से मेरी आँखें फटी थीं।

क्या बात है मम्मी? आप भी सरप्राइज दे गयीं। इतनी बड़ी ख़ुशी? कहाँ हैं भैया, कहाँ हैं भाभी?? भैया भाभी को कुमुद ने पहले ही फोन कर दिया था वो सामने आते दिखे, मैं भैया के गले में ही झूल गया- कमाल है भैया! मैं और आप कब से अलग-अलग हो गए और भाभी आप भी?

सब बहुत खुश थे। एक कमरे में एक साथ। तीनों बच्चे मेरे इर्द-गिर्द थे शायद बैग खुलने के इंतज़ार में, इतने में उसी लड़के के साथ कुमुद चाय-नाश्ता लेकर आ गयी हाथ में एक पारसल भी था।

ये क्या है कुमुद? वो हँस दी। आपके लिए एक बच्चा सरप्राइज है न? तो बैग में दो बच्चों के लिए ही कुछ होगा इसलिए तीसरे का इंतज़ाम यह है।

मैं हैरान रह गया ये वही कुमुद है जिसे मैं छोड़ कर गया था या कोई और कुमुद है?

सबको एक साथ खुश देखने का सपना कभी असंभव सा लगने लगा था लेकिन आज--------

भगवान को धन्यवाद देना कम लग रहा था।

मैं कुमुद को धीरे से उठाकर अंदर की तरफ लाया- कुमुद! अपने फ्लैट पर कब चलेंगे? सामान यहाँ खोलूं या वहां चलकर?

अरे! यहीं खोल लीजिये मम्मी के सामने, अब दूसरे फ्लैट का कोई चक्कर नहीं है सब यहीं रहते हैं। वो फ्लैट तो पापा ने बेच भी दिया। एक के बाद एक, हर बात ऐसी थी कि क्या कहता? तुमने ऐतराज़ नहीं किया? मुझे बताया भी नहीं? मैं अभी बात करूंगा।

नहीं अंकित अब इन सब बातों को छेड़ने उठाने की कोई ज़रूरत नहीं है मैं यहाँ बहुत खुश हूँ अकेले नहीं बल्कि अपने परिवार के साथ ही रहना चाहती हूँ। पापा ने फ्लैट बेचकर सारा पैसा यहीं लगा दिया है।

तुम्हें ड्राइंग रूम बड़ा नहीं लगा क्या?

मम्मी का कमरा नहीं देखा कितना बड़ा है? उनके तीन के तीन बच्चे उनके साथ हैं फिर से बड़ा करने के लिए।

अपना कमरा ऊपर है।

कुमुद के मुंह से कभी परिवार के सुख की बात सुनूंगा, कभी माँ-बाप के साथ दोबारा जीने का सपना देख सकूंगा यह तो कभी सोचा ही नहीं था। ख़ुशी के कारण मुझे रोना आ गया। कमरे के अंदर पहुँचते-पहुँचते मैंने कुमुद को गले लगा लिया। ऐसा लग रहा था एक-एक शब्द से वो मेरे प्राण लौटा रही थी। तीन साल विदेश में परिवार से दूर मैं मर-मर क़र जिया था। अपने बच्चों से दूर, अपने माँ-बाप से दूर, अपने भाई से दूर और इस कुमुद से दूर जिससे नज़र मिलते ही जिसका मैं दीवाना हो गया गया था और शादी करते ही इसने मेरा जीना दूभर कर दिया था। मेरे बच्चों की माँ थी मैं इसे छोड़ नहीं सकता था। प्यार करता था इससे पर इसके लिए परिवार से मुंह नहीं मोड़ सकता था। लोअर मिडिल क्लास का आदमी था मैं, जहाँ माँ पुचकार-पुचकार कर बच्चे का पेट भर देती है पर घर जोड़े रखती है। भाभी भी ऐसी आयी माँ की परछाई बनकर रहने वाली।

इस कुमुद के व्यवहार ने सबकुछ बाँट दिया था। मैं बहुत परेशान होकर आखिरी विकल्प के रूप में बाहर का ट्रांसफर लेकर चला गया था। दूर रहकर खुद को सज़ा देना चाहता था एक ज़िद्दी घमंडी लड़की को चाहने की पर............

लौटने पर ऐसी लाटरी भगवान् खोलेगा, मैंने कभी सोचा नहीं था।बार-बार यही मना रहा था-- यदि यह सपना है तो इसे टूटने मत देना भगवान्!

कुमुद के साथ वापस आया सब सामान खोला, सब अपना---अपना सामान पाकर खुश थे तीनों बच्चे खुश थे। भाभी वहीँ पर दुबारा चाय-नाश्ता ले आईं। कुमुद ने झटपट सर्व किया। बच्चों के हिसाब से सब अलग-अलग चीज़ें थीं।

थोड़ी देर में उस लड़के ने सारी सफाई कर दी। वहीँ बैठे-बैठे सब बातें करते रहे ये सब मेरे वहां के हाल पूछ रहे थे और मैं यहाँ के सारे राज़, सारी बातें जान लेना चाह रहा था।

दोनों बहुएं बाहर गयीं तो मैंने माँ से पूछा- माँ! कैसे हुआ सब? इतना परिवर्तन? रात और दिन का सा अंतर कैसे? जो देख रहा हूँ

ये सब व्यवहार असली है न माँ? कहीं ऐसा तो नहीं, तीन साल में घर लौटा हूँ इसलिए दिखावा हो रहा हो?

अरे नहीं पगले! ये सब सच है, हम सब बहुत भाग्यशाली हैं जो हमें ऐसी बहुएँ मिली हैं।

ज़िंदगीभर के सब दुःख तकलीफ अब सपने से हो गए बेटा। मेरी कुमुद घर का अर्थ समझ गयी, घर बांधना सीख गयी, प्यार का अर्थ और महत्व दोनों सीख गयी।अब तो मैं जिऊंगी भी चैन से और मरूंगी भी चैन से। मेरे पास फिर से तीन बच्चे आ गए ज़िम्मेदारी उठाने के लिए।

पर यह सब हुआ कैसे?

यह उसी से पूछना। हाँ! पूछूंगा तो ज़रूर क्योंकि चमत्कार को जानना ही पड़ेगा।

मैं एक लोअर मिडिल क्लास फॅमिली का साधारण और भावुक लड़का जिसके लिए पढ़-लिखकर माँ-बाप के सपनों को पूरा करना ही जीवन का उद्देश्य था। माँ-बाप, भाई-भाभी और बहिन, बस यही दुनिया थी। कॉलेज में आते ही कुमुद का दर्शन हुआ दर्शन भी ऐसा कि होश-हवास सब पर कुमुद छा गए पर बेमेल दुनिया......वो रईस माँ-बाप की एकलौती लड़की, अपनी शर्तों पर ज़िंदगी जीने वाली और मैं एक ट्रेडिशनल मिड्ल क्लास फॅमिली का आज्ञाकारी लड़का जिसके लिए माँ-बाप की बात भगवान् का आदेश थी पर कहते हैं विवाह संयोग भगवान के घर से बनकर आते हैं।

रात को अपने कमरे में पहुंचा तो ख़ुशी से पागल हुआ जा रहा था, ऐसा लग रहा था आज शादी के बाद की पहली रात अपनी पत्नी, अपनी स्वप्नसुंदरी से मिलने जा रहा हूँ। कुमुद को अकेले कमरे में आते देख पागल सा हो गया। विश्वास नहीं हो रहा था इसके बिना मैं तीन साल बिताकर आ रहा हूँ। उसने भी इस दूरी को सहा था। मेरे प्यार को, मेरे पागलपन को उसने बिना सवाल-

जवाब निभाया। दोनों के बीच में बीते हुए साल थे- बहुत सी बातें, बहुत से सवाल और उनके बहुत से जवाब।

एकदम से बोली- तुम ऐसा ही सब चाहते थे न मुझसे? हाँ कुमुद! सच तो यही है पर सिर्फ घर के लिए। मैं तुम्हारे ओरिजिनल प्यार जो मेरे लिए था उसे कभी बदलना नहीं चाहता था आज भी मुझे तुम्हारा आदर नहीं प्यार ही चाहिए। हाँ! घर को घर बनाने व् समझने के लिए तुम्हारा आभारी हूँ। मेरे बच्चों को परिवार के साथ रखने के लिए आभारी हूँ पर यह बताओ यह परिवर्तन हुआ कैसे? तुम एकदम समझदार, इतने बदलाव वाली कैसे हो गयीं? जिन मम्मी-पापा, भैया-भाभी से इतना दूर भागती थीं उनके प्रेम में कैसे पड़ गयीं? वो ज़ोर से हँस दी-----तुम्हारे लिए। सच सच बताओ! कैसे आया इतना बदलाव क्या चमत्कार हुआ?

एकदम वो रोने लगी। मुझे माफ़ कर दो मैंने समझने में देर कर दी वरना ये तीन साल हम दूर नहीं साथ रहकर निकालते।

गलती मेरी भी नहीं थी अंकित! मेरा बचपन मेरा पालन-पोषण सब मुझ पर बहुत हावी था इसलिए मैं तुम्हें पाकर तो बहुत खुश थी पर मैं तुम पर एकाधिकार चाहती थी जैसे मेरा हर चीज़ पर था। मुझे बांटने की आदत नहीं थी। दूसरों की बात सुनना या उनके हिसाब से चलने की आदत नहीं थी। किसी चीज़ की कमी को झेलने की आदत नहीं थी, जिस चीज़ पर हाथ रखती वो सिर्फ मेरी होती थी इसलिए तुमसे जुड़े रिश्तों को समझ नहीं पाय। नन्ही परी आयी तो वो भी सिर्फ मेरी रहे, यही सोच कर बेवकूफियां करती रही। मेरा मुन्नू आया तो बस फिर तो मैं राजरानी हो गयी। जब सब मेरा है और मेरे पास है तो मैं किसी की क्यों तो सुनूं और क्यों किसी के हिसाब से चलूँ? पर तुम्हारे जाने ने अपने-पराये, समाज, परिवार पैसा, प्यार, ज़िम्मेदारी, आदमी (पति), बच्चे, माँ-बाप, भाई-बहिन सबका अर्थ समझा दिया।

वो रोती जा रही थी कसकर मुझ से लिपटती जा रही थी---- मुझे मेरी गलतियों, मेरी बेवकूफियों और नासमझी के लिए माफ़ कर दो। मुझे नहीं पता था प्यार ऐसा होता है। प्यार में बांटना होता

है, देना होता है। सब सहना होता है, जोड़ना होता है। प्यार देह नहीं होता, चीज़ें नहीं होता, पैसा नहीं होता, ज़िद नहीं होता। सच तो यह है कि जीवनसाथी का अर्थ मुझे अब समझ आया है मम्मी-पापा, भैया-भाभी को देख कर।

तुम्हारे सामने से ही अलग फ्लैट में अपने बच्चों के साथ अपने तरीके से रहूंगी यह फैसला हो गया था। मम्मी-पापा इसे स्वीकार कर चुके थे और तुम चले गए थे। थोड़े दिनों बाद ही, चौबीस घंटों वाली नौकरानी की सास का एक्सीडेंट हो गया था उसने काम छोड़ दिया क्योंकि घर में सास को सम्हालने वाला कोई नहीं था और मेरे लिए दो बच्चों के साथ नौकरी और घर दोनों सम्हालना मुश्किल हो रहा था। स्वभाव की विवशता के कारण मम्मी या भाभी से मदद नहीं लेना चाहती थी। दोनों बच्चों को लेकर अपने माँ-बाप के यहाँ चली जाती हूँ यह सोच कर बिना किसी की राय के वहां चली गयी। दो-चार दिन सब बहुत अच्छा-अच्छा रहा पर उसके बाद मम्मी-पापा को उनकी दिनचर्या में दिक्कत होने लगी, बच्चों के शोर गन्दगी, सम्हाल से या यूँ कहूँ की उपस्थिति से परेशानी होने लगी। मेरे बाद कोई बच्चा घर में था नहीं और मम्मी ने तो यह सब काम मेरा भी नहीं किया था, मुझे भी नौकर ही सम्हालते थे। बार-बार उनका सुझाव यही रहता कि वहां नहीं जाना चाहती तो अपनी सास को यहीं बुला ले। धीरे-धीरे मम्मी का रुख देख कर नौकरों ने भी उपेक्षा शुरू कर दी। वापिस मैं आना नहीं चाहती थी मम्मी-भाभी के आगे झुकने के लिए। भाग्यवश उसी समय मुझे माता (चेचक) निकल आयी और मालूम होते ही सब दूर हो गए क्यों कि बीमारी छूत की थी और बच्चे छोटे। अब क्या करूँ?

एक दिन हालचाल पूछने के हिसाब से भाभी का फोन आया तो मेरी मम्मी ने उन्हें बता दिया। दो घंटे बाद ही भाभी और मम्मी आ गयीं। मुझे बहुत हिम्मत बंधाई और कहा- अपने घर चल बेटा, घबराने की कोई बात नहीं है हम तुम्हें सम्हाल लेंगे और बच्चों को भी। मेरी मम्मी ने रोका नहीं बल्कि बार-बार दोहराया, बिलकुल सही फैसला है अपने घर जाओ। तुम्हारी सास अनुभवी हैं सब ठीक होगा। ठीक हो जाओ तब फिर आ जाना। अपनी मम्मी की

बात से मेरा मन टूट गया। मेरे पापा ने भी उनकी बात का ही समर्थन किया।

मैं मम्मी और भाभी साथ ही आ गयी।

मम्मी ने एक अलग कमरे में मेरी व्यवस्था करके मेरा चार्ज खुद सम्हाल लिया और दोनों बच्चे भाभी के पास। पापा-भैया दोनों दरवाज़े के पास खड़े रहकर मुझे खूब हिम्मत बंधाते। दो महीने में मैं पूरी तरह ठीक हो पायी, मेरे बच्चे दो महीनों में अपने बड़े पापा और बड़ी माँ के हो गए। भाभी ने इतना प्यार दिया और इतनी सम्हाल की कि दोनों एकदम हृष्ट-पुष्ट हो गए।

ठीक होते ही पापा ने कहा---कुमुद बेटा! एक रिक्वेस्ट करूँ? तुम्हें थोड़ी तकलीफ तो होगी पर फ्लैट पर अंकित तो है नहीं तुम हमारे ही पास रहो, बच्चों के साथ हमें भी अच्छा लगेगा और तुम आराम से नौकरी भी कर सकोगी।

मेरा मन उन लोगों के कदमों में झुक गया। जीवन में पहली बार घर और घर वालों का रिश्ता समझ आया, खुद तकलीफ़ पाकर मेरी तक़लीफ़ की चिंता कर रहे थे। मेरे हाँ कहते ही सबके चेहरे खिल गए।

दो महीनों में न तो तुम्हें किसी ने कोई खबर-परेशानी बतायी और न ही मेरे मम्मी-पापा के व्यवहार की कोई शिकायत की।

मैंने अपनी मम्मी को फोन किया तो उन्होंने ख़ुशी ज़ाहिर की, बच्चों के हाल-चाल पूछे और कहा- चलो अच्छा है उनके घर के बच्चे हैं उन्हें सम्हालने दो तुम आराम से अपनी नौकरी करो और थोड़ा पैसा जमा करो, अपना फ्लैट भी किराये पर दे दो और हाँ! अंकित वहां से जो पैसा भेजे वो भी अपने पास रखना, बच्चे बड़े होंगे तब ज़रूरत पड़ेगी। तुम्हारे जेठ की अच्छी नौकरी है, बच्चे भी नहीं है वो खुश भी रहेंगे और बच्चों को सम्हाल भी लेंगे। हमारे लायक कोई काम हो तो फोन कर लेना।

मैं हाँ-हूँ करती रही, रोती रही, यकीन नहीं हो रहा था यह एकलौती बेटी की माँ बोल रही थी।

अंकित! उस एक फोन ने मेरी आँखें खोल दीं।

पापा से मैंने कह दिया- पापा! आप नहीं भी कहते तो मैं कहीं जाने वाली नहीं थी। जगह कम पड़ेगी तो यहीं एक कमरा बढ़ा लेंगे।

वैसे भी अंकित जब आएंगे तब देखा जाएगा आप वो फ्लैट निकाल दीजिये (बेच दीजिये) मौके का है, अच्छा पैसा मिल जाएगा और ई एम् आई की चिंता भी ख़त्म हो जायेगी। पापा को मेरे पहले व्यवहार का डर था वो मना करते रहे पर मैं अब अपने घर का मतलब समझ गयी थी।

माँ-बाप का प्यार पैसे का मोहताज़ नहीं होता यह भी समझ गयी थी। मैंने देख लिया था घर और परिवार दिल से चलते हैं रिश्ते पैसों से नहीं चलते। मैं अपनी गलतियां सुधारना चाहती थी। मैंने भैया-भाभी को राज़ी किया उन्होंने मम्मी को समझा दिया-- आपको कुछ नहीं बताया। घर की आर्थिक स्थिति मुझे पता थी उसका तो मैं उपहास भी खूब उड़ा चुकी थी। मेरी नौकरी पुरानी हो चुकी थी उसके कारण मेरे नाम से लोन ले लिया जो मेरी तनख्वाह में से कट जाता है। फ्लैट बेच दिया, घर का रिनोवेशन करवा लिया मैं भी खुश-बच्चे भी खुश।

तुम्हारी कमी खलती थी पर घर का अर्थ और तुम्हारे सपने समझ आने लगे थे। तुम भाभी की जो तारीफ करते थे वो भी समझ आ रही थी। मैंने सीखने की कोशिश की और उन्होंने भी मेरी बड़ी बहिन का रूप ले लिया था। सीखने-बताने के लिए एक बहिन और एक भाई के मिलने से घर-परिवार, रिश्ते-नाते, मायका-ससुराल सब समझ आ गया। एकलौती पैसेवाली औलाद होने का सारा दम्भ तुम्हारी यादों ने धो दिया। मेरे कहने से मम्मी और भाभी ने मेरी वाली गायनक्लोजिस्ट से मिलने की हाँ कर दी। भाभी का ईलाज़ चला। सब उनके ही थे पर उनकी ममता को उनका अपना बेबी मिला।

तुमने मुझे इतने रिश्तों से भरा घर दिया था इसलिए तुम्हारे लिए एक प्यारे रिश्ते का सरप्राइज हमने रखा था। सब तुम्हारे

सपनों का सा बन गया। मम्मी परिवार और समाज में पूर्ण गर्व के साथ खड़ी हो गयी थीं----अब बस तुम्हारी ही कमी थीं। मम्मी बार बार कहती थीं-- अंकित बच्चों के बचपन को ज़ी नहीं पा रहा। पापा को छोटे बच्चों में अपना छोटा अंकित दीखता था। बहुत याद कर रहे थे इसलिए तुम्हें उनकी तबियत की झूठी खबर दी, पता था तुम आ जाओगे सुनते ही इसलिए हमसब तुम्हारे इंतज़ार में थे। तुम आ गए, मेरी दुनिया और मेरा परिवार पूरा हो गया। मैं उसे प्यार करते करते और ईश्वर का धन्यवाद करते करते थक नहीं रहा था। मेरे माँ-बाप, भाई-भाभी का भरोसा विफल नहीं हुआ। सब बार-बार समझाते थे...घबरा मत ज़ल्दबाज़ी मत कर, सब ठीक हो जायेगा, सब बहुत अच्छा होगा.........

और सब बहुत अच्छा हो गया।

मुझे कुमुद मिल गयी, मेरी कल्पनाओं के सुन्दर प्रतिरूप-स्वरुप में और परिवार को सुन्दर-सुशील व् पारिवारिक सोचवाली बहू। उसके ह्रदय परिवर्तन ने सचमुच सपनों का संसार बसा दिया।

देवकी का आत्मकथ्य

सावन का महीना था, हर तरफ पेड़ों में, पौधों में नूतन बौरों की बहार थी, बारिश की बूंदों से नहाये धोये स्वच्छ नीम की पत्तियां मस्त हवा से हिचकौले खा रहीं थीं, नाचती-जाती, धरती पर गिरती जाती थीं जैसे- प्रकृति के रंग में उल्लसित होकर अपने अस्तित्व को नई आने वाली पत्तियों के लिए विलीन कर रही थीं।

जीवन की परम् सार्थकता-- नवजीवन के लिए अपने को समर्पित मान रही हों। कोयल तो नहीं थी पर छोटी-छोटी फाक्ता, हृदय में समायी गंभीर, गहन वेदना का स्वर पूरे प्राण प्रवेग से बाहर निकाल रहीं थीं। एक तो बारिश की ठंडी हवा फिर रात रानी की मस्तानी महकती सुगंध, अस्पताल के चारों तरफ एक अजीब सा सन्नाटा।

मंद-मंद हवा, सुगन्धित रात रानी और यह ख़ामोशी! सब मिल जुल कर कोई अनुपम काव्य की रचना कर रहे थे।

करवटें बदलते-बदलते जब मैं थक गयी तब अचानक उठ कर बैठ गयी, कमरे की खिड़की से झाँका, मन न जाने कितनी तरह की भाव धाराओं में डूबता-उतरता जा रहा था। बहुत देर तक उसी स्थान पर बैठी रही, उसी भावमग्न अवस्था में। जब उठी तो मेरा मन बादलों की तरह हल्का हो गया था। गगन के चाँद की परिक्रमा करता हुआ आने वाले कल की कल्पना करते करते कब नींद आ गयी- पता ही नहीं चला।

नर्स की ठक-ठक से नींद खुली- कैसी हो? दर्द कैसा है??

मैंने अनिच्छा से सर हिला दिया, वह दवा देकर चली गयी।

थोड़ी देर में दूध-दलिये के साथ वार्ड बॉय आया। एक-दो चम्मच खाते ही मेरा जी मिचलाने लगा और मैंने उसे एक तरफ रख दिया।

निरंतर कई दिनों के कठोर परिश्रम के बाद पूर्ण आकाश पाने पर जो एक आलस्य की सुखानुभूति, एक मीठी-मीठी सी उदासी, कभी-कभी मन पर छाने लगती है वैसी ही अनुभूति मुझे हो रही थी। लगता था जैसे बरसों से बंद पड़ी खिड़की, जिसके कब्ज़ों में जंग लग गयी थी और फिर से खुलने की कोई सम्भावना ही नहीं रह गयी थी, आज किसी जादू के स्पर्श से सहसा अप्रत्याशित खुल गयी थी और खुली खिड़की से मुक्त आकाश का पागल प्रकाश जैसे युगों से घिरे हुए मेरे मन को माया-मंत्र की तरह मुग्ध कर रहा था।

स्नेहाकुल पुलक से मेरा मन और प्राण भर रहे थे। सुंदर स्वप्न की सी तंद्रा में डूबी हुई मैं सचमुच निद्रा के आलिंगन में पहुँच गयी।

सुबह, ब्रह्म मुहूर्त में आँख खुलते ही पेट में तीव्र वेदना शुरू हो गयी। पलंग के पास रखा नया पेडस्टल फैन, कड़कड़ाती आवाज़ के साथ टूट कर गिरा, तीव्र ध्वनि से आस पास के सारे लोग जाग गए। बाहर सारी रात से हो रही घनघोर वर्षा, अस्पताल के बाहर घुटनों, घुटनों तक भरा हुआ पानी, मेरे मन में और शरीर में अजीब हलचल, असह्य पीड़ा हो रही थी पर मन में कुछ दुविधा नहीं थी।

नर्स को बुलाया, उस से कहा- यह प्रसव पीड़ा है, मुझे कोई एकांत स्थान दे दीजिये, वह मुस्कुराते हुए मेरे माथे पर हाथ रख कर, सहला कर चली गयी। थोड़ी ही देर में उसे फिर बुलाया, वह फिर आयी और चली गयी। तीसरी बार बुलाते ही झुंझला गयी- पागल हो गयी है क्या? यह प्रसव वेदना नहीं है, तुम्हें सिर्फ छह माह का गर्भ है। शांत रहो वरना हमें अबॉर्शन करना पड़ेगा। वह चली गयी पर मुझे अपनी स्थिति का बोध था।

प्लीज सिस्टर! कुछ मत करो सिर्फ एकांत स्थान की प्रार्थना है। नहीं चाहती कि सबके सामने मेरी शारीरिक पीड़ा आये, होनी को तो कोई नहीं टालेगा।

पर प्लीज---पास पड़े पर्स में से कुछ रुपये निकाल कर उसके हाथ पर रखे। रुपयों का कमाल था या मेरी प्रार्थना का? पता नहीं, पर उसने मुझे लेबर रूम में पहुंचा दिया। साढ़े चार बजे से छह बजे तक मर्मान्तिक पीड़ा झेलते-झेलते, अपने आप से लड़ते-लड़ते, मन और शरीर जवाब दे रहे थे पर दिमाग में माँ का एक आशीर्वचन घूम रहा था- कुछ नहीं होगा, भरोसा रखना, कुछ बुरा नहीं होगा, तुम्हारे जीवन का सुप्रभात है, हिम्मत रखना, ईश्वर तुम्हारा साथ देगा हिम्मत रखना!

धीरे-धीरे चीख पुकारें, पलकें बंद हो गयीं।

वेदना की तीव्रता में संवेदनाएं थक गयीं। देवकीसुत गोविंदा ने मेरी कोख के बाहर पुत्र रत्न के रूप में आकार ले लिया-

नर्स ने भाग कर लेडी डॉक्टर को बुलाया- वो हैरान- क्या चमत्कार है? पर आशंकित भी।

इसे तुरंत किसी अच्छे इन्क्यूबेटर में रखना पड़ेगा।

चारों तरफ के फोन खड़खड़ाने लगे। मैं शुभ वचनों को सुनने के साथ ही निद्रा और दवा के प्रभाव में चली गयी थी। जब आँख खुली तो सामने छोटी बहिन और मम्मी मुस्कुरा रही थीं। ठीक हो? कैसी हो? बेटा हुआ है। कमज़ोर है। समय से पहले ही आ गया कोई पवित्र आत्मा है।

दूसरे अस्पताल ले गए हैं, मशीन में रखना पड़ेगा। उस मशीन की यहाँ कोई व्यवस्था नहीं है। मैंने धीरे से उनका हाथ पकड़ लिया, मुस्कुरा दी और आँखों से दो बूँद पानी छलक आया।

ईश्वर इतना प्रेमी है फिर इतनी निष्ठरता कैसे दिखाता है? बच्चे के पिता, मां, दादी, बुआ, फूफा सब उस घनघोर वर्षा में आये कृष्ण को लेकर मथुरा के कारागार से निकल कर, गोकुल की उस मशीन में रख आये थे। वो नन्हा था, छोटा था, कमज़ोर था किन्तु पूर्ण था और चैतन्य था।

ईश्वर का दिया हुआ, मेरे जीवन का अमूल्य तोहफा, अमूल्य वरदान जिसने मेरी सारी पीड़ा हर ली। मुझे परम् परितोष मिला।

मन में विश्वास मिला, अब कुछ बुरा नहीं होगा, अब सब अच्छा होगा। मेरा कृष्ण मुझे मातृत्व से अभिभूत कर गया है।

माँ के जीवन का श्रेष्ठ्तम सुखद क्षण।

दुसरे दिन इन्क्यूबेटर वाले अस्पताल में मुझे भी जगह दे दी गयी।

गोद में नहीं उठा सकती थी, सीने से नहीं लगा सकती थी पर चौबीस घंटे वो मेरी आँखों के सामने था।

डॉक्टर आये उसे देखने और मुझ से मिलने- आपकी तो देखिये हम कोई सम्हाल कर नहीं सकते, आपको स्वयं ही करनी होगी। बच्चे के लिए यहाँ सभी तरह की सुविधाएं उपलब्ध हैं।

मैं आपको बहुत स्पष्ट बता रहा हूँ- ये मिरेकल है। कैसा? कितनी देर का?? मुझे नहीं पता, आप ये समझिये ये नहीं रहेगा, पर ये अभी है।

ईश्वर अपना काम कर चुका है, इसे भेज कर, अब आपकी बारी है- आपको इसे सम्हालना है, बचाना है।

आपको पुराने ज़माने की माँ बनना पड़ेगा जो अपने बच्चे के लिए कुछ भी कर सकती है। इस बच्चे को कोई रोग नहीं है, ये क्योंकि शरीर के आकार की वृद्धि और मज़बूती से पहले ही कोख से बाहर आ गया है इसलिए माँ के अंदर का वो वातावरण, गर्माइश और पौषण उसी रूप में देना होगा और हाँ! हर तरह के इन्फेक्शन से इसका बचाव करना होगा। पूर्ण रूप से माँ के दूध पर इसका पालन होगा वो भी इसके नाक में डली फ़ूड पाइप के सहारे, एक-एक बूँद, दो-दो बूँद से इसकी क्षमता बढ़ानी पड़ेगी।

हर पल इस पर नज़र रखिये, कुछ भी, हल्का सा भी नीलापन शरीर के किसी हिस्से पर तो फौरन घंटी बजा कर हमें बुलाइये।

देखिये! यह एक परसेंट आपके हाथ में दिया गया है, निनानवे परसेंट ईश्वर ने अपने हाथ में रखा है, आपको अपनी सम्हाल

और विश्वास से उस से वो निनानवे परसेंट ले लेना है। अब सब आपकी हिम्मत पर ही निर्भर करता है। अपने को सम्हालिए, इसे सम्हालिए।

एक बात और- आपको अपनी सम्हाल के प्रति स्वार्थी और सजग होने का मौका छोड़ना पड़ेगा सब कुछ, खान-पान भी इसके अनुरूप होगा।

रिश्तेदार, मिलने वाले, सगे-संबंधी सभी को इस से दूर रखना होगा, किसी भी तरह के प्रेम में कोई इसे छूए नहीं।

बिना हाथ-पैर धोये कोई इसके या आपके पास पहुंचे नहीं।

यह जो कुछ भी मैंने आपको कहा, यह मेरी व्यक्तिगत सीख है आपके लिए। यदि आप ऐसा कर पाईं तो यकीन मानिये यह बच्चा स्वस्थ, सुंदर, पूर्णायु होगा।

वो डॉक्टर थे लेकिन शायद ईश्वर रूप में मुख से बोलकर मुझे आश्वस्त कर गए।

मेरे सर पर हाथ रखा और चले गए।

मित्रता

बड़ी सी गाड़ी घर के बाहर आकर रुकी तो उत्सुकतावश सभी का बाहर देखना स्वाभाविक था। माँ की इस एकांत स्थली में कभी-कभार ही कोई आता था। हम सब लोग अपनी-अपनी गृहस्थी में इतने मशगूल थे कि साल छह महीने में भी चक्कर लगना मुश्किल ही हो पाता था। अभी कुछ दिनों से उनकी तबियत थोड़ी ज्यादा ही खराब रहने लगी थी और इसलिए मैं आया था।

गाड़ी में से दो लड़के उतरे, उनके हाथ में एक कागज़ था शायद पता पूछने के लिए। मुझे देखते ही मेरी तरफ मुड़े ये कैप्टेन साब का घर है? मैंने पूछा- आप कौन? कहाँ से??

ये कैप्टेन साब का ही घर है, मैं उनका बेटा हूँ।

जी! हम लोग लखनऊ से आये हैं, हमारे पड़ौस में एक दादाजी रहते हैं बहुत अच्छे हैं, हमारे इधर आने की खबर मिलते ही आये थे और रिक्वेस्ट कर रहे थे कि किसी भी तरह ये एड्रेस ढूंढ कर यह लेटर देने के लिए। उनका कहना था बहुत ज़रूरी है इसका पहुंचना और उनके पास पोस्टल एड्रेस नहीं है।

हमें तो आना ही था, हमने सोचा चलो एक वृद्ध आत्मा को खुश कर उनका आशीर्वाद ही कमा लें, अब अगर हम सही जगह पहुँच गएँ हैं तो यह पत्र आप ले लीजिये।

मैंने कहा- अरे! यहाँ तक पता ढूंढ लिया तो अब अंदर तो आईये! कैप्टेन साहब तो अब रहे नहीं, कुछ साल हुए उनका निधन हो गया पर मेरी माँ अभी हैं और किसी पुराने परिचित का ऐसा पत्र

पाकर निश्चय ही बड़ी खुशी मिलेगी उन्हें। मैं उन्हें अंदर ले आया। माँ बड़ी निश्चिंत शांत लेटी हुई थीं।

मैंने कहा- माँ! आपके लखनऊ से दो बच्चे आये हैं, पापा के मित्र की चिट्ठी लेकर।

इतना सुनते ही माँ एकदम बैठी हो गयीं कौन? कौन आया है? किसके बच्चे हैं? पापा के मित्र!!!!!!

क्या राम आसरे जी की चिट्ठी है?

अब बारी थी मेरे साथ उन दोनों बच्चों की भी हैरान होने की।

बैठे- बातचीत हुई, चिट्ठी दी। माँ ने बताया दोनों बचपन के घनिष्ठ मित्र थे हर सुख-दुःख के साथी।

बच्चों ने भी बताया- दादाजी कैप्टेन साब के बहुत किस्से सुनाते हैं। थोड़ी देर बाद वो दोनों चले गए।

बच्चों के जाने के बाद हमने वो पत्र खोला, लिखा था-

प्रिय भाई श्याम सुन्दर!

सारे जीवन की सुन्दर, कड़वी मीठी यादों के साथ मिलना चाहता हूँ जीवन का संध्याकाल है। राधामणी के विवाह से लेकर आज तक मैं तुम्हारा ऋणी हूँ। तुम कहते थे मित्रता में कोई ऋण नहीं होता कोई क़र्ज़ कोई अहसान नहीं होता। एकमात्र यही रिश्ता होता है जो हम खुद चुनते हैं बाकी तो परिवार और समाज की देन होता है। मेरा सौभाग्य था मैंने तुम्हें चुना। जीवन की आपाधापी, भीड़भाड़ में हम दोनों के ही रास्ते अलग हो गए। तुम कहीं और हम कहीं और रह गए। अब एक बार भाभी को लेकर आ जाओ उनके चरणों में शीश झुका कर ही इतने लम्बे अंतराल के लिए क्षमा मांगनी है और अगले जन्म के लिए भी उन्हें और तुम्हें अपना रखने के लिए वचन लेना है। तुम्हारा परिवार कैसा और कितना है, मुझे पता नहीं पर जो हो उन्हें मेरा आशीष। मेरा परिवार बहुत बड़ा है पर मेरा कोई नहीं। तुम शीघ्र आना। मेरे पास ज्यादा वक़्त नहीं

है और घर वालों का मुझे भरोसा नहीं है। मेरी गलती नज़रअंदाज़ करके, भाभी को लेकर शीघ्र आना।

तुम्हारा मित्र,

रामआसरे

पत्र पढ़ते पढ़ते माँ खूब रोई।

रामआसरे भैया की यह इच्छा तो पूरी करनी पड़ेगी।

तुम्हारे पापा होते तो वे भी यही करते। तुम्हें तकलीफ होगी पर मैं शीघ्र से शीघ्र लखनऊ जाना चाहती हूँ।

मन और इच्छा दोनों ही नहीं थे पर माँ की इच्छा का मान तो रखना ही था। प्लेन के दो टिकट बुक कराये और अगले ही दिन लखनऊ पहुंचे वहां से टैक्सी कर के उनके बताये हुए पते पर सीतापुर पहुंचे। छोटा सा सर्वेंट क्वार्टर टाइप कमरा था। वहां जाकर पूछा तो अंदर से खांसने की सी आवाज़ आई- कौन है भाई? अंदर आ जाइये।

दरवाज़ा धकेलकर अंदर पहुंचे, तखत पर एक बुज़ुर्ग लेटे हुए थे हाथ में माला थी और उनके पास एक तस्वीर रखी हुई थी, मेरे पापा की, जिसे देख कर मैं अपने को रोक नहीं सका और उनसे लिपट गया। वो भी कौन हो भाई, कौन हो... कहते से बैठने की कोशिश करने लगे तब तक माँ भी अंदर आ गयी थी। मैंने रोते रोते ही कहा- मैं आपके श्याम सुन्दर का बड़ा बेटा हूँ चाचाजी! आपका पत्र मिल गया था माँ भी आईं हैं। बस मैं पापा को नहीं ला सका क्योंकि थोड़ी देर हो गयी। बड़ी मुश्किल से वो उठे थे लेकिन माँ के पैरों पर झुक गए। "बड़ी दुल्हन" मेरी भाभी आज मेरे घर आई हैं।

हम तीनों ही रो रहे थे।

वो लोग बीता हुआ समय याद कर रहे थे मैं उनका प्रेम देख रहा था, एक दूसरे के प्रति आदर और सम्मान देख रहा था।

अचानक से खड़े हुए और बोले- बेटा! श्याम सुन्दर कहाँ है? मैंने पापा के निधन के बारे में उनको बताया, सुनते ही अजीब सी

छटपटाहट उनके चेहरे पर छा गयी थी। दोनों हाथों से सिर पकड़ कर रोने लगे हे भगवान्! ये क्या किया? मेरी मेहनत बेकार कर दी। फिर कहने लगे कोई बात नहीं मेरी भाभी तो है। माफीनामा तो इनके ही नाम लिखना है।

हम उनके बड़े परिवार के हिसाब से खाने पीने का काफी सामान लेकर आये थे। उनको इस हाल में देखने की तो कोई कल्पना न थी। कल चिट्ठी मिलने से आज तक जो माँ ने बताया था उस हिसाब से बड़े रईस लोग थे दर्जनों नौकर-चाकर, बड़े व्यापारी, रसूखदार लोग थे।

माँ ने पूछा- भैया! आप लखनऊ से यहाँ कैसे और वो भी इस हाल में अकेले? बाकी परिवार वाले कहाँ हैं सब?

अरे भाभी! कौन परिवार? कैसा परिवार?? सब मतलब के रिश्ते-नाते हैं। हमारे जीवन में हमसे प्रेम करने वाला हमें समझने वाला केवल एक प्राणी था- श्यामसुन्दर और दूसरी आप।

बंगला-कोठी-गाड़ी वाला हमारा बड़ा धनिक परिवार अभी भी लखनऊ में ही रहता है।व्यापार में नाम भी हमारा ही चलता है पर हम यहाँ रहते हैं। बड़ी सी गाड़ी लेकर जो दो बच्चे आपके यहाँ आये थे वो हमारे मालिक के बच्चे हैं। हम यहाँ उनके चौकीदार हैं, नौकर हैं, ये उनका ही दिया हुआ कमरा है, सामान है। खाना भी दोनों समय उनके ही रसोई घर से आता है। तबियत ख़राब देखकर हमें छुट्टी दे रखी है। उन्हें हमारे घर-परिवार के बारे में कुछ नहीं पता।

काम बन जाए, काम बन जाए तभी मिलेंगे, सोचते-सोचते इतना वक़्त गँवा दिया। श्यामसुन्दर से मिल भी नहीं सके। कोई बात नहीं उसकी अमानत हमारे पास रखी है आज अपनी भाभी को वो सौंप कर उस से मिलेंगे।

मैं बहुत भावुक हो गया था। ऐसा क्यों कह रहे हैं चाचाजी! मैं आपका भी बेटा ही हूँ आपको अपने साथ ले चलूँगा, सब ठीक हो जाएगा।

हाँ बेटा! मेरी भाभी के चरण मेरी कुटिया में पड़े हैं अब सब ठीक ही होगा। जीवनभर का सब सुकून इकठ्ठा ही देंगे प्रभु।

वहां कोई व्यवस्था न देख कर मैंने माँ से कहा- इनको साथ ले लेते हैं, किसी होटल में रुक जाएंगे।

बातचीत भी हो जाएगी और इन्हें भी आराम मिल जाएगा। माँ ने उनसे कहा तो वो मान गए बोले- ठीक है चलो। उठने लगे तो बोले- बेटा! वो एक छोटा सा बक्सा रखा है वो भी ले लो। ख़ुशी से काफी फुर्ती आ गयी थी उनमें। अच्छे साफ़ कपडे बदले वो तस्वीर और माला उठाई और बोले- चलो।

मैंने बाहर आकर टैक्सी ली और वहां के सबसे बढ़िया होटल में रुके पर उनके आग्रह पर एक ही बड़ा कमरा बुक कराया। एक एक्स्ट्रा बेड लिया उसी में। खाना खाते हुए लग रहा था जैसे वर्षों में खा रहे हों।

बताइये! अपनी कहानी।

पिता का देहांत, सौतेली माँ का छल, सौतेले भाई-बहिनों का छल, पिता की वसीयत का छल सब बताया, रात भर बातें कीं फिर बोले- भाभी अब आप पहले अपनी अमानत सम्हाल लो। मेरे कारण मेरे मित्र ने आपसे आपका धन छीना था और मैं अपना पूरा जीवन लगा कर इसे अब छुड़ा पाया हूँ। यह बड़ी लम्बी कहानी है शायद आपको भी पता न हो। वो बड़ी अजीब घड़ी थी। दो दिन पहले मेरी बहिन राधा मणि का रिश्ता पक्का होने की ख़ुशी में जलेबी और कचोरियाँ उड़ा रहे थे, बड़े खुश थे। राधा मणि चौदह वर्ष की थीं हम पंद्रह वर्ष छह महीने के और पंडित सत्रह वर्ष छह महीने के। सत्रह वर्ष की उम्र में पंडित जी की शादी हुई थी और भाभी तेरह वर्ष की थीं। सभी अल्हड और नासमझ बालक थे। हम उम्र होने के कारण भाभी और राधा मणि जल्दी ही सखी बन गयीं दोनों में सही बहनापा हो गया।

वैसे भी राधा मणि हमारे ही साथ रहती थीं वो जब पांच वर्ष की थीं तभी हमारी माँ का देहांत हो गया था। थोड़ा समय तो पिताजी

ने माँ को याद किया, रोये-धोये पर दो बच्चों की परवरिश के लिए सबका कहना मान कर दूसरा विवाह कर लिया। मनोरमा जी सुन्दर थीं, थोड़ी पढ़ी-लिखी भी थीं लेकिन पिताजी तक ही सीमित थी, हम दोनों का साथ और ज़िम्मेदारी दोनों ही उनको कत्तई पसंद नहीं था।

राधा मणि की शादी की सारी तैयारियां पूरी हो चुकी थीं, सारे मेहमान, रिश्तेदार जमा थे। जब लेन-देन का समय आया मेरी माँ ने ज़ेवर और पैसा सब देने से साफ़ इंकार कर दिया। तिजोरी की चाबी भी नहीं दी। मैं इतना बड़ा नहीं था कुछ कर सकूं। अभी तक हम सब भाग भाग कर काम कर रहे थे पर अब जैसे सांप सूंघ गया और होश उड़ गए। ये तो शादी टूटने के आसार हैं अब बिन माँ की इस राधा मणि का क्या होगा? भागे भागे पंडित के घर गए वो अभी थोड़ी देर पहले हमारे घर से गए थे, बारातियों का स्वागत करके। उन्हें देखते ही हम रो पड़े सारी बात बताई। बताओ भाई! क्या करें? उन्होंने पूछा- कितनी रकम पर बात तय हुई है? तुम चलो हम कुछ करते हैं, आखिर राधा मणि तुम्हारी ही नहीं हमारी भी बहिन है। और बस दो घंटों में ही रकम हमारे हाथों में थी। उसकी नई-नई शादी हुई थी वो आपका सारा गहना रखकर और अपनी बचत का पैसा लेकर आया था और मुझे दिया था- राधा मणि तुम्हारी ही नहीं मेरी भी बहिन है। मैंने बहुत मना किया पर वो माना नहीं और कहा- ये बात बस तुम्हारे हमारे बीच रहेगी। मैंने भी प्रण लिया जो भी हो सब छुड़ा कर भाभी के क़दमों पर रख कर माफ़ी मांग लूँगा।

सोचा था मन लगा कर व्यापार में हाथ बटाउंगा और जल्दी ही सब छुड़ा लूँगा। पंडित ने भी हमें खूब समझाया और पूछने पर व्यवस्था का सब सच भी हमें बता दिया कि सब कहाँ से कैसे किया है पर कसम ड़ाल दी कि यह बात हम दोनों के बीच ही रहेगी। हमने प्रण लिया की जैसे भी हो पर मेहनत कर के अपनी भाभी के गहने छुड़वा कर हम उन्हें वापस सौंपेंगे और माफी मांगेंगे पर भैया! तक़दीर के मारे सारी उम्र निकल गयी।

राधा मणि तो ब्याह कर ख़ुशी-ख़ुशी ससुराल चली गयी पर मनोरमा जी ने तमाशा न होने की हार का बदला लेने के लिए हमारे ऊपर चोरी का इलज़ाम लगा दिया। खूब मार कुटाई, धुनाई हुई। सारे रिश्तेदारों के सामने हमारी बात ख़राब हुई कि हमने बहिन की शादी के लिए रखा पैसा चुरा लिया पर हम खुश थे सब काम निपट गया।

सौतेली माँ ने हमें घर से निकलवा दिया। श्यामसुंदर अपनी नौकरी में दूर चले गए। शर्म के मारे मिले भी नहीं। पर सब छूट गया कोई रास्ता नहीं रहा, मैं छोटी-छोटी नौकरी करके, काम करके, एक एक चीज़ छुड़वा कर इकट्ठा करता रहा। अब जाकर सब छूटा तब उस से मिलने की हिम्मत की और बुलावा भेजा।

उन्होंने मुझ से वो बक्सा मंगवाया, बक्से में चादर में बंधे गहने देखकर आँखें फटी रह गयीं उन्होंने सब माँ के चरणों में रख दिया।

भाभी! मुझे माफ़ कर दो। मेरे कारण मेरे मित्र ने आप से आपका धन छीना था और मैं अपना पूरा जीवन लगा कर इसे अब छुड़ा पाया हूँ।

माँ गहनों पर हाथ फेर रही थी- रो रहीं थीं। भैया! मेरा गहना तो वो थे, ये तो सब सांसारिक चीज़ें हैं। मुझे उन्होंने उसी समय सब बात बता दीं थीं, गिरवी रखने भी मैं साथ ही गई थी ताकि कोई उन्हें गलत न समझे पर उन्होंने कहा था इसके लौटने की कभी आस मत करना, मुंह से कभी भी कुछ भी बोलकर मेरे मित्र का अपमान मत करना। कानों कान इसकी खबर किसी को न होने देना। जो तुम्हारा वो मेरा, जो मेरा वो मेरे मित्र का, मित्र की बहिन का।

राधा मणि की मौत का समाचार सुनकर आना चाहते थे पर तुम शर्मिंदगी न महसूस करो इसलिए नहीं आये और इसीलिए उनके जाने पर मैंने भी आपको खबर नहीं की।

हम तीनों ही रो रहे थे। एकदम से उठे भाभी अब आप अपनी अमानत सम्हाल लो, मेरे जीने का उद्देश्य पूरा हुआ अब बस पंडित

से मिलना है और वो उठ कर चले गए। मैं पीछे भागा पर उन्होंने हाथ से रोक दिया, माँ भी कुछ नहीं बोली।

हम वापस आ गए। सातवें दिन उन्हीं बच्चों का टेलीग्राम आ गया कि दादाजी नहीं रहे।

क्या था यह? नैतिकता की पराकाष्ठा या मित्रता में प्रेम आदर और एक दूसरे के सम्मान की?

नादानी

इतवार का दिन था काम निपटा कर लेट गयी थी। मेरी आँख अभी लगी ही थी, रोती हुई हिना और जुनैद ज़ोर ज़ोर से दरवाज़ा पीट रहे थे। मुझे उठ कर आने में थोड़ा वक़्त लग गया, दरवाज़ा खोलते ही दोनों बच्चे सामने खड़े थे, रुंधे गले से घर्र-घर्र की सी आवाज़ निकल रही थी।

क्या हुआ बेटा? क्यों रो रहे हो??

हिना ने बोलने की थोड़ी सी हिम्मत की- जल्दी कीजिये आंटी! अम्मी बेहोश हो गयी है और अब्बू ने हमें बाहर निकाल दिया है।

क्या? क्या कह रहे हो?? क्या हो गया निकहत को? अब्बू कहाँ हैं तुम्हारे? मैंने इतने प्रश्न कर दिए पर दोनों बच्चे जवाब देने की हालत में नहीं थे। बेहद घबराये हुए थे।

एक बड़ी सी हवेली के आँगन में चारों और बने कमरों में किरायेदार रहते थे। निकहत ने ही मुझे यहाँ कमरा दिलवाया था, मेरी नई नियुक्ति थी ज्यादा किसी को जानती नहीं थी वो मेरे ही स्कूल में अध्यापिका थी, गणित विषय पढ़ाती थी। बेहद खूबसूरत और बेहद शांत स्वभाव वाली औरत थी कई सालों से इसी स्कूल में थी। दो बच्चे थे हिना और जुनैद। हिना तरह साल की थी और जुनैद मियां थे आठ साल के।

मुस्लिम होने के बावजूद भी आस-पास के सभी लोग उनके व्यवहार और तमीज की बहुत ही तारीफ करते थे। कुछ हिन्द बच्चे तो उनके पास ट्यूशन पढ़ने भी आते थे। उनकी माएँ त्योहारों पर तरह-तरह के खाने की चीज़ें भी भेजती थीं।

निकहत के शौहर की नियुक्ति बाहर दूसरे गाँव में थी, वो भूगोल के अध्यापक थे- आरिफ उस्मान खान।

शनिवार-इतवार को ही यहाँ आते थे।

उनसे मेरी मुलाक़ात दो-चार बार ही हुई थी वो भी दुआ-सलाम तक।

मैं सरदारनी थी, मुझे ज़ात-पांत से कोई फ़र्क़ नहीं पड़ता था। व्यवहार में निकहत वाकई अच्छी थी इसलिए छह-सात महीने में ही हमारी अच्छी दोस्ती हो गयी थी। वो थी भी बहुत शांत-स्वभाव की। आज ये घटना क्यों-------?

दरवाज़े से मैंने अंदर झाँका, निकहत ज़मीन पर पडी थी, उनके शौहर वहां नहीं थे, कमरा ख़ाली था।

मैंने जल्दी-जल्दी पानी लेकर छींटे डालकर उन्हें होश में लाने की कोशिश की-------उसने आँखें खोली और मेरा हाथ कसकर पकड़ लिया पर फिर बेहोश हो गयी।

मुझे समझ नहीं आया- क्या करूँ? दोनों बच्चे रोये जा रहे थे, उनसे पूछने की कोशिश भी की पर वो कुछ बोले नहीं।

मैंने धीरे-धीरे हिम्मत करके उसे उठाया और पलंग पर लिटाया। पास में ही एक डॉक्टर साहब रहते थे, हिना को भेजकर उन्हें बुलवाया।

उन्होंने चेक-अप करके बताया कि बहुत ज़्यादा स्ट्रेस की वजह से है। इनके पति को बुला लीजिये और मेरी डिस्पेंसरी में ले आईये। हार्ट का केस भी हो सकता है---मैं पूरी तरह से देखकर ही कुछ बता पाऊंगा।

बच्चों की तरफ देखा- कहाँ है अब्बू? उन्हें बुलाओ। बड़ी मुश्किल से उन्होंने बताया कि अब्बू बहुत गुस्से में थे और चले गए। बस स्टैंड की तरफ एक लड़के को भेजा भी पर तब तक वो जा चुके थे।

मुझे गुस्सा भी आ रहा था और हैरानी भी हो रही थी- ऐसा कैसा आदमी है? ऐसी हालत में भी छोड़ कर चला गया।

आपस में इतना गुस्सा------खैर!

गनीमत थी कि डॉक्टर साहब की डिस्पेंसरी नज़दीक में ही थी और मैंने तीसरे कमरे में रहने वाले किरायेदार को भी मदद के लिए बुलवा लिया था।

डॉक्टर साहब ने चेक-अप किया, हार्ट केस तो नहीं था पर ब्लड-प्रेशर बहुत बढ़ा हुआ था उन्होंने कोई इंजेक्शन दिया आधा घंटा हम वहीं रुके रहे। तब तक निकहत होश में आ गयीं मैंने बोलने पूछने की कोशिश की तो उसने इशारे से मना कर दिया।

हम घर आ गये तब तक और पड़ोसियों को भी पता चल गया था, निकहत का सभी से अच्छा व्यवहार था किसी घर से बच्चों के लिए खाना आ गया किसी ने दूध फल भेज दिए।

छोटी जगह थी लोग इसी प्रेम-व्यवहार को स्कूल की बहनजी का सम्मान और मदद समझते थे।

अम्मी को ठीक देख कर बच्चे थोड़े आश्वस्त थे बाहर खेलने लगे।

सबके जाते ही निकहत मेरा हाथ पकड़ कर रो पड़ी।

जसबीर बहिनजी- आरिफ ने मुझे तलाक़ दे दिया।

अरे! मैं एकदम चौंक गयी- कैसे? कब? क्यों? पागल है क्या? उसे बच्चे नहीं दिखे? पढ़ा-लिखा आदमी है बेवकूफ है क्या?

मेरी तबियत ख़राब होने से पहले ही ज़रा सी बात पर गुस्सा होकर बोल दिया तलाक़-तलाक़-तलाक़। मैंने बहुत रोका पर नहीं रुके।

मैं क्या करूँ? सब ख़त्म हो गया बहिनजी। हमारा धर्म बहुत सख्त है बहिन जी! अब मैं उसकी बीवी नहीं रही।

मैं सकते में आ गयी- क्या कह रही हो? ऐसे थोड़े ही होता है, पंद्रह-सोलह साल तुम्हारी शादी को हो गए, ये बच्चे हैं, वो ऐसे-कैसे कर सकता है?

उसने ऐसा कर दिया बहिन जी! कहते कहते वो रोने लगी- उसके गुस्से और ज़िद ने मुझे कहीं का नहीं छोड़ा।

निकहत! हौसला रखो! ये तुम दोनों के बीच की बात है किसी को कुछ पता भी नहीं है अभी वो आये तो तुम उसको मना भी लेना-----सब ठीक हो जाएगा। मैं भी बात करूंगी उस से।

मुझे बहुत गुस्सा आ रहा था पर क्या करती? मैं सिर्फ झूठी दिलासा दे रही थी और वो रो रही थी।

बच्चे छोटे थे पर समझदार थे चुप रह गए किसी से कुछ न कहा अपनी अम्मी के इर्द-गिर्द बैठे रहे, कभी किताब कभी कुछ और काम लेकर।

रात तक निकहत ने भी हौसला बना लिया।

सबने मना किया पर वो दूसरे दिन स्कूल आ गयी।

लेकिन सब-कुछ इतना आसान नहीं था जितना मैं सोच रही थी। अगले दिन आरिफ का भाई उसका खत लेकर आगया। खत क्या था लिखित तलाकनामा था।

निकहत ने खत पढ़ा और ख़ामोशी से खत मेरे हाथ में थमा दिया और बैठ गयी।

मुझे तो बहुत गुस्सा आ रहा था, उसके भाई को खूब खरी-खोटी सुनायी पर वो था कि एक बात पर ही अड़ा रहा, अब कुछ नहीं हो सकता, इद्दत के चालीस दिन बाद ही कोई फैसला होगा यही हमारे मज़हब का नियम है।

भाईजान तलाकनामा काज़ी को दिखा आये हैं और निकहत-आरिफ के तलाक़ का फतवा जारी हो गया है- मैं दोनों बच्चों को लेने आया हूँ। अब पहली बार निकहत ज़ोर से चिल्लाई- बच्चे मेरे

हैं ये मैं किसी को नहीं दूंगी। आरिफ मेरे रहें ना रहें मुझे उनका तलाक क़ुबूल है।

पर वो नहीं माना, निकहत रोती रही, बच्चे भी बहुत रोये पर उन्हें जाना पड़ा और मैं थी कि मज़हब के नाम पर औरत के भाग्य का तमाशा देखती रही।

निकहत और आरिफ का रिश्ता दोनों परिवारों की रज़ामंदी से हुआ था। दोनों ही पढ़े-लिखे थे, सरकारी नौकरी में थे और फिर निकहत बेहद खूबसूरत थीं, आरिफ भी दिल की गहराईयों तक से उन्हें बहुत चाहते थे, वो ही अब उनकी ज़िन्दगी भी थी उसे बहुत प्यार से रखते थे। दो प्यारे से बच्चे हो गए थे, ज़िन्दगी आराम से चल रही थी।

ससुराल आते ही निकहत को पता चल गया थे कि आरिफ बहुत गुस्सेवाले और ज़िद्दी हैं। कई बार अपने अब्बू-अम्मी पर और भाई-बहिनों पर उन्हें गुस्सा करते देख भी लिया था, पर वो खुद बहुत ही शांत स्वभाव की थीं और कोशिश करती थीं कि आरिफ को उनपर गुस्सा ना आये, बच्चों को भी खुद ही सम्हालती रहती थी।आरिफ को कभी गुस्सा आ भी जाता तो वो टाल देती थी। उसे पता था आरिफ उनसे ज्यादा देर दूर या गुस्से में नहीं रह पाएंगे।

उन्हें अपनी गलती का अहसास होते ही वो माफी मांग लेते और निकहत को मना लेते थे।

नौकरी के कारण दोनों को अलग-अलग रहना पड़ रहा था पर उनका एडजस्टमेंट था।

शनिवार-इतवार आरिफ उनके पास आजाते और लम्बी छुट्टी में निकहत चली जाती बच्चों को लेकर उनके पास। सब बहुत अच्छा चल रहा था।

आज भी बात कुछ बड़ी नहीं थी, निकहत के अब्बा की तबियत बहुत दिनों से ख़राब चल रही थी और उनकी कोई सम्हाल करने वाला भी नहीं था, निकहत को बहुत याद कर रहे थे। बार बार

सन्देश भेज रहे थे- निकहत! बच्चों को लेकर आ जाओ, कुछ दिन अपने अब्बू के पास रह जाओ।

निकहत ने आरिफ से कहा- अबकी छुट्टियां आ रहीं हैं, अब्बू बहुत बीमार हैं, हमलोग उनके पास चलेंगे। आप कुछ दिन रहकर आ जाईयेगा मैं वहां कुछ और ज़्यादा दिन रह जाऊँगी।

आरिफ एकदम गुस्से में आगये, नहीं ये नहीं हो सकता!

छुट्टियां हमें साथ रहने को मिलती हैं, इनमें भी तुम दूर रहो, ये हमें मंज़ूर नहीं।

निकहत धीरे-धीरे उसे समझाती रही- देखो मैं कभी नहीं कहती हूँ पर अब्बू बहुत बीमार हैं और मिलने के लिए बहुत कह रहे हैं, उनका आखिरी वक़्त है। इस बार मैं उनसे मिलने जाऊँगी।

मुझे मंज़ूर न हो तो?

तो भी मैं जाऊँगी, तुम्हारी बीवी हूँ तो उनकी भी बच्ची हूँ, उनके लिए भी मेरा कुछ फ़र्ज़ है। निकहत थोड़े ज़िद में आ गयीं और बात बिगड़ गयी। आरिफ का पारा सातवें आसमान पर चढ़ गया।

मुझे नहीं चाहिए ऐसी बीवी जिसे अपने शौहर की बात न माननी हो।

अब्बा के पास जाना है तो जाओ, वहीँ जाओ, वहीँ रहो और उनके लिए फ़र्ज़ निभाओ। मैं तुम्हें अभी आज़ादी देता हूँ।

तुम्हें तलाक देता हूँ। तलाक-तलाक-तलाक।

रुको आरिफ! रुको, पर आरिफ ने मुड़कर भी न देखा और निकहत वहीं ज़मीन पर गिर गयी बेहोश हो गयी और वो चले गए।

घर जाकर बिना किसी को बताये, बिना किसी की सलाह के सीधे क़ाज़ी के पास जाकर तलाकनामा दे आये।

जब तक कोई कुछ समझता, कुछ कहता, कुछ करता- क़ाज़ी ने आरिफ-निकहत के तलाक का फतवा जारी कर दिया।

इसके बाद------------जब निकहत आरिफ की बीवी नहीं है तो बच्चे ले आओ।

सारा घटनाक्रम ऐसा था कि किसी को कुछ समझ नहीं आया।

आरिफ के भाई के आने और सबके सामने ज़ोर-ज़ोर से बोलने के कारण सभी के सामने बात खुल गयी थी। निकहत को बड़ी शर्मिंदगी हो रही थी पर क्या हो?

मैंने कहा- अब्बा के पास चली जाओ!

बोली- नहीं, वहां जाने के नाम पर तो सारा बवाल ही हुआ है, जाने का नाम न लेती तो ये क़यामत न आती।

गयी तो नहीं पर स्ट्रेस से उसकी तबियत ख़राब हो गयी।

अचानक बच्चों से दूर होकर सह नहीं पा रही थी।

मैं पड़ौसी और सहकर्मी दोनों थी इस नाते जितना हो सकता, उतना ध्यान रखने की कोशिश करती पर दर्द ऐसा था जो बंट नहीं सकता था। मेरे बस में कुछ नहीं था अपनी तरफ से उसे हिम्मत बंधाती रहती थी।

एक हफ्ते बाद ही, गुस्सा उतरते ही, आरिफ आ गया उसे मनाने।

निकहत ने इस बार हिम्मत दिखाई, अंदर आने से मना कर दिया। कौन सी बीवी? मैं एक तलाकशुदा औरत हूँ, मेरा कोई शौहर नहीं है।

बहुत रोया-गिड़गिड़ाया पर कुछ नहीं हो सकता था।

मज़हब का हुक्म था----

इद्दत खत्म होते ही आरिफ अपने एक दोस्त को लेकर आ गये निकहत को लिवाने।

निकहत! मैं अपनी गलती सुधारना चाहता हूँ, ये मेरा दोस्त तुमसे निकाह कर लेगा। एक रात तुम्हारे साथ रह कर ये तुम्हें तलाक दे देगा और फिर तब हम दोनों दोबारा निकाह कर लेंगे।

इस बीच निकहत के अब्बू को तलाक के समाचार मिल गए थे वो बीमार थे, सह नहीं सके और उनका इंतकाल हो गया।

निकहत बिलकुल खामोश हो गयी थी, स्कूल जाती पढ़ाती और आ जाती और बस------

लोगों की जवाबदेही और सहानुभूति से बचने के लिए ट्रांसफर की अर्ज़ी दे दी और वहां से चली गयी।

थोड़े ही दिनों में मेरी इतनी आत्मीयता हो गयी थी कि खत-ओ-किताबत जारी रही।

बच्चों के बिना जीना उसके लिए बहुत मुश्किल था। माँ के होते हुए बच्चे लाचारी में जी रहे थे पर बच्चों के नाम पर आरिफ को माफ़ करना नहीं चाहती थी। यदि आदमी का अहम् और ज़िद इतना बड़ा है कि एक मिनट में सारा रिश्ता, प्यार-मुहब्बत, निकाह का अर्थ भुला दें तो उसे इसकी सजा मिलनी ही चाहिए। हमेशा औरत ही क्यों पिसे? मज़हब के उसूलों में।

भूल आदमी की हो और औरत का दूसरे आदमी के पास जाने का विधान, ताकि वो औरत एक नहीं दो-दो मर्दों की दया की मोहताज़ बने।

प्रेम रिश्ता कुछ नहीं।

उसने आरिफ की एक न सुनी, ना ही उसके दोस्त से निकाह किया, ना दोबारा तलाक और ना ही आरिफ से दुबारा निकाह।

सरकारी कागज़ों से, बीमा और बैंक के खतों से आरिफ का नाम बतौर नॉमिनी हटा दिया। आरिफ ने बहुत कोशिश की मनाने की पर वो अड़ी रही।

आरिफ ने मेहर की रकम भिजवाई जिसे उसने हिना-जुनैद के नाम करके वापिस भिजवा दिया।

ऐसा गुस्सा जो इतनी ज़िन्दगियों को पल भर में तबाह कर दे-----ऐसी नादानी कि आदमी अपना होश ही खो बैठे------बिना

सोचे-समझे फैसला ले ले सिर्फ ज़िद में-----उसे सजा मिलनी ही चाहिए।

आरिफ को उसके गुस्से ने और बद्‌तमीज़ और बददिमाग बना दिया। शराब पीने लगा, नौकरी से ससपेंड कर दिया गया, बच्चे बेगाने हो गए- घर नर्क हो गया।

इधर निकहत शराफत और नेकी से, तहज़ीब और तमीज से खूब तरक्की करती रही।

अकेलेपन का इलाज ढूंढ लिया, मस्जिद में जाकर गरीब-यतीम बच्चों को पढ़ाने लगी, उनकी सेवा करने लगी।

कोई हिना-जुनैद की याद भी दिलाता तो कह देती- उनका अल्लाह निगेहबान है, वो ही रखवाला है उनका।

मेरे पास वो दो ही थे अब ये सब मेरे अपने हैं।

एक नादानी ने सारे सबक और ज़िन्दगी के मायने बदल दिए।

कदम्ब का पेड़

अम्मा! अम्मा!! अम्मा!!!

पर अब अम्मा कहाँ थी? घर के बाहर लगे कदम्ब के पेड़ के नीचे खटिया पर ही लेटे-लेटे अपने श्रीकृष्ण के पास चली गयी थी। हमेशा से यही उनकी ख्वाइश थी और वो पूरी भी हो गयी।

अम्मा नहीं रही ये सोचकर अंदर से कसकर रुलाई फूट रही थी, पर उनकी चाहत पूरी हुई ये देख कर मन को शांति भी मिल रही थी।

कितना कितना लड़ीं थी अम्मा इस कदम्ब के पेड़ के लिए किसी को भी नहीं सुहाता था घर के बाहर इतना बड़ा पेड़ पर अम्मा की ज़िद थी।

घर के अंदर भी पेड़-पौधों की और फल-फूलों की कोई कमी नहीं थी बहुत शानदार बगीचा बना रखा था। खूब सेवा करती थीं, बाबा के जाने के बाद तो बस इतनी ही दुनिया रह गयी थी उनकी। उनके ठाकुर जी, उनका बगीचा और यह कदम्ब का पेड़। पेड़-पौधों की बातें तो ऐसे करती थीं जैसे पी.एच.डी. ही कर रखी हो।

वर्षा में सभी पेड़ फलते-फूलते हैं। सागौन फलता है, मौलश्री फूलता है, फूलता भी ऐसा कि मदमाती गंध से पूरा वातावरण भर देता है। जूही तो वर्षा की प्रतीक्षा में ही रहती है। फुहार पड़ते ही भीनी-भीनी गंध की फुहार खुद ही बन जाती है।

शरद ऋतु आये तो स्वागत में हार-श्रृंगार के फूल एकाएक फूलने लगते हैं और ओस की बूंदों की तरह टप-टप झरने लगते हैं।

कदम्ब का पेड़, नीम का पेड़ बहुत मज़बूत होता है। मज़बूत तो बड़ और पीपल भी होते हैं पर उन्हें कोई भी घर में नहीं लगता। बाबा हमेशा कहते रहते क्यों जान खपाती हो, एक माली रख लो। हर बार हेज़ काटने में तुम्हारे हाथ में कैंची से कहीं न कहीं लगती है।

पर, अम्मा बस सुनती थीं कहना नहीं मानती थी।

अम्मा के हिसाब से कहने को तो छह ऋतुएं हैं, मन पर बसने वाली तीन-बसंत वर्षा और शरद।

बाकी में तो बस या तो बहुत गर्मी है या बहुत ठिठुरन।

सबसे बढ़िया बसंत लेकिन अजीब मिज़ाज़ है सब कुछ निहंग-नंगा हो जाय, सब तरफ पतझड़ छा जाए तब अपने पूरे रौब-दाब में आएगा सब तरफ ख़ूबसूरती की चादर फैलाकर।

शरद में चांदनी बरसती है, सिहराने वाली उन्मादनी सी चांदनी रात, पर दिन तपता है। पावस ऋतु भरपूर भर्ती है, भिगोती है बिना जाड़े के ठंडा करती है, इसलिए सब आस लगाए आसमान को तकते रहते हैं।

अम्मा की ये गाथाएं, ये प्रकृती प्रेम किसी को समझ नहीं आता था। घंटों घंटों एक एक पत्ती, एक एक फूल को, पेड़ को सहेजते हुए निकाल देती थीं।

एक बार हम सब बच्चे छुट्टियों में इकट्ठा हुए तो मज़ाक में कह दिया- क्या अम्मा पत्ती-फूल करती रहती हो फल-वल के पेड़ लगाओ तो बच्चा पार्टी को भी मज़ा आये।

अब क्या था- बगीचे के चारो तरफ दीवार की ओर थोड़ा हट कर आम-अमरुद-अनार-केला-जामुन सब पेड़ लगवा दिए। बच्चों के साथ-साथ सब पेड़ बड़े हो रहे थे पर बच्चे सब दूर थे उनके हिस्से के सब लाड़-प्यार के अधिकारी भी ये पेड़ ही हो गए, अंतर इतना था कि इन पेड़ों के रहते उनकी दुनिया एकाकी नहीं रही थी। पूरे कुटुंब का सा हो गया था उनके पास उनका साम्राज्य।

एक दिन रेडियो पर कविता सुन रही थीं- "ये कदम्ब का पेड़ अगर माँ होता यमुना तीरे, मैं भी इस पर बैठ कन्हैया बनता धीरे धीरे"।

सुनते सुनते बैठी हो गयीं सुनो- हमें कदम्ब लगाना है, हमने कहा ठीक है, एक-दो गमले ला देंगे बाजार से लगा लेना वैसे अब बगीचा तुम्हारा बहुत भर गया है, इतना बड़ा घर है लेकिन अब तुम्हारी मेहरबानी से बगीचा बड़ा और घर छोटा हो गया है।

एकदम तैश में आ गयीं-------कदम्ब कोई छोटा-मोटा पौधा नहीं है सो गमले में लगा लें, कोई तुम्हारी दरवाज़े पर पहुंचा जाएगा और किसी से मंगा कर तुम हमें दे दोगे।

अरे! वो कदम्ब है जंगल में मिलेगा या नदिया किनारे मिलेगा। आषाढ़ में उसके बड़े-बड़े पत्ते काले होने लगते हैं डालियाँ घनी हो जाती हैं, बारिश की बूँदें पड़ते ही बौर फूटने लगते हैं। लगातार बारिश से सफ़ेद फूल आते हैं सावन बीतते बीतते फल बन जाता है। खट्टे-मीठे स्वाद वाला फल।

अरे, वही खाने के लिए तो कन्हैया उस पर चढ़ते हैं। उनके छिपने के लिए गहरी डालियाँ होती हैं। बादल गहराते हैं, कदम्ब हँसता है और कन्हैया की बांसुरी बजती है।

हम सब हैरान हो गए, कदम्ब का वर्णन सुन कर पर हम शायद कदम्ब के लिए उनकी दृष्टि और समझ को महसूस नहीं कर पाए।

हमने कहा- अम्मा! सब बात ठीक है पर यह बगीचा है घर का, जंगल नहीं है जंगल के पेड़ों के लिए और अपनी उम्र भी देखो, कितना सम्हालोगी?

घर में तो और कोई एक टाइम पानी भी नहीं दे सकता पौधों को।

पर वो अम्मा थीं- ठान लिया सो ठान लिया।

कदम्ब लगाएंगी घर के दरवाज़े के बाहर। सबने खूब कह लिया- आपने जो वर्णन किया है उस हिसाब से तो बड़ा घना पेड़

लगेगा, कौन रखवाली करेगा घर के बाहर? कम से कम छह आठ साल तो लगेंगे उसे बढ़ने में।

पर नहीं मानी और ये कदम्ब हमारे घर के बाहर लग गया। इसकी सम्हाल में सब भूल गयीं कहीं आना-जाना सब छोड़ दिया। नारी के हाथों में तो भगवान् ने सृष्टि की सारी सार्थकता दी है, चाहे हाथ-चक्की पर हो, कुँए की डोर पर हों, पेड़-पौधों पर हो या अपने बच्चों की साज़-सम्हाल पर हो, हर तरह की चाहत को संवारते-सम्हालते सहलाते हाथ जो सोच लें मन में उसे ही पूरा करते हाथ। कदम्ब की सम्हाल में लग गए।

घर के बाहर ऊँचा-पूरा कदम्ब लहलहाने लगा और अम्मा का मन बिना झूला डाले ही पींगें बढ़ाने लगा। उसकी डालियों को झूले की डोर की तरह थाम लेतीं और उन्हें झकझोर-झकझोर कर लयबद्ध हो भजन गाती रहतीं।

धीरे धीरे बाग़-बगीचा, घर सब सिमट गया। बगीचे के लिए अब माली आने लगा घर के लिए काम वाली महरी। अम्मा सुबह उठ कर सारे बगीचे का चक्कर लगातीं, सारे पौधों को दुलरातीं फिर नहा-धोकर ठाकुरजी का भोग बनाकर, थाली सजातीं, मंदिर में भोग लगा कर कदम्ब के नीचे खटिया बिछाकर बैठ जातीं, बतियाती रहतीं जैसे कोई सामने बैठा हो। वहीँ खातीं, वहीं लेट जातीं।

बीच-बीच में जाना होता था उनके पास पर जीवन की भागदौड़ में सिमित समय ही मिल पाता था।

बहुत छोटी उम्र में उनकी शादी हो गयी थी, बाबा बहुत अच्छे थे उनको बहुत चाहते थे लेकिन मेरे जन्म के बाद अम्मा उन्हें और कोई औलाद नहीं दे पाईं। बाबा को लगता था बेटा नहीं होगा तो हम लोगों की मुक्ति नहीं हो पाएगी। अम्मा कृष्ण भक्त थीं, वो कहती थीं- जब संसार के हर जीव-जंतु, पेड़-पौधे में वो हैं और हमें देख रहे हैं तो कर्मों का फैसला भी उन्हें ही करना है इसमें बेटा क्या करेगा मुक्ति तो भगवान् देंगे।

बस इसी विचारधारा की अनबन के चलते एक दिन बाबा दूसरा ब्याह कर लाये। अम्मा ने कुछ कहा नहीं बस- जैसी हरी इच्छा। पर दूसरी अम्मा संतोषी नहीं थी उन्हें हर चीज़ पर अपना अधिकार चाहिए था। दो बेटे हो गए और घर और बाबा उनके हो गए। अम्मा के हिस्से में हम, ठाकुरजी और उनके पेड़-पौधे और बगीचा। पर कभी शिकायत करना तो जैसे वो जानती ही नहीं थीं। भजन की गुनगुनाहट के साथ कैसे सारा समय पेड़-पत्तों की बातचीत के साथ निकलता था पता नहीं।

समय क्या उम्र ही बीत गयी।

हमें सब प्यार करते थे दूसरी अम्मा, बाबा, दोनों भाई और अम्मा तो थी ही हमारी, पर हमारा ब्याह भी अठारह की उम्र में ही हो गया। अब हम भी कभी कभी ही आ पाते थे। दोनों बेटे पढ़-लिख कर शहर में रहने लगे, उनकी अम्मा उनके साथ। और उनके बाबा भी।

यहाँ रह गया ये कदम्ब का पेड़! अम्मा का साथी और अम्मा------------साथ में पेड़-पौधों का सारा कुटुंब, पर अम्मा खुश थीं कहतीं थीं- यहीं श्रीकृष्ण आएंगे उन्हें मुक्ति देने।

इस बार कई सालों में हम तीनों भाई-बहिन एक साथ यहाँ आये थे। अम्मा मेहंदी के पत्ते लायीं थीं पीस रहीं थीं, घिसते-घिसते उनके अपने हाथ लाल हो गए थे। मेहँदी कटोरी में इकट्ठी कर के दूसरी अम्मा की तरफ बढ़ा दी। रक्षाबंधन आने वाला था यानि सावन बीतने वाला था। अंदर गयीं अपने कमरे में, अच्छी सी साड़ी पहनी, टिकली बिंदी सब करके नयी चूड़ियां भी पहन लीं। बाहर निकलीं तो सब खांस-खांस कर इशारों में कुछ कहने लगे पर कुछ नहीं बोलीं, मंदिर में गयीं बड़ा सा तिलक लगा लिया अपने ही हाथ से और चरणामृत ले लिया।

बाहर चलीं बगीचे का चक्कर लगाया और बाहर खटिया पर आकर लेट गयीं।

दूसरी अम्मा ज़ोर से हंसीं---अच्छा त्रिया चरित है, पर अब इसका क्या फायदा अब तो उम्र बीत गयी। मन तो हमारा भी हुआ अम्मा के पीछे जाएँ, कुछ बात करें उनसे बैठ कर पर फिर कुछ सोच कर रह गए।

घंटे भर बाद हम सभी बाहर आये तो देखा अम्मा बैठी नहीं है, बाकायदा खटिया पर सीधी लेटी सो रहीं हैं, आँखें बंद हैं फिर भी सोते-सोते मुस्कुरा रहीं हैं कदम्ब के सफ़ेद फूल उनके ऊपर झरझर कर गिर रहे थे। हमने पुकारा- अम्मा ठंडा मौसम है कुछ ओढ़ लो।

अम्मा! अम्मा!! अम्मा!!!

पर अम्मा तो अपने कृष्ण के साथ जा चुकी थीं।

www.ingramcontent.com/pod product compliance
Lightning Source LLC
LaVergne TN
LVHW091113150826
845673LV00002B/804

* 9 7 9 8 8 9 2 3 3 5 9 8 0 *